「無限」は夢幻か

―「無限」を巡る思索の旅―

鈴木　喬

東京図書出版

「無限」は夢幻か◇目次

Ⅰ　森敦（1912－1989）

1

森敦が『月山』で芥川賞をとったのは1974年であったが、当時62歳でそれまでの最高年齢の受賞者というので、マスコミの話題になったのを今もよく覚えている。『文藝春秋』でその作品を読んだはずだが、あまり記憶に残っていないし、当時あまり面白いとは思わなかった。言わんとしているところが、よく理解できなかったのだ。だから彼に特別興味を覚えたことはなかった。

むしろ彼の話題がブームになって、よくマスコミに登場する彼の姿などを目にすると、よく知らぬままに、何となく話好きの変わった人だなという感じがする程度だった。当時の私の印象はそんなものだったから、その後の彼の消息も何も知らなかった。

ところが40年も経って、たまたま本屋で見つけた彼の『意味の変容』という本の題名に惹かれて読んだところ、これが面白かった。

これは、彼が若かりし頃から手元において推敲を重ねていたもので、彼の周りにいた人々にはその存在が知られていたようだ。芥川賞の受賞後、それは『群像』に連載されることになったが、あまり多くの人の目にとまることはなかったようである。

しかし、同じ『群像』に連載中だった柄谷行人（１９４１－）が読んで驚き、強く薦めて、ようやく出版にこぎつけたとのことだ。彼によれば、これは稀に見る私小説であるということだが、確かに、パスカルの『パンセ』やデカルトの『方法序説』が私小説であるという意味において、この本は森敦の私小説である。

この本に現れる森敦は、私の今までの印象とは違って、一筋縄ではいかない刺激的な人物のようであった。その後、『月山』を読み返したり、その他の小説も多少読んだりしたが、彼のことは未だよく理解できないままだ。しかし何となく気にかかる人物である。

彼は若い時から数学に興味を抱いていたようで、数学の方をやりたい時期もあったようだ。彼の数学に対する造詣がどれほどのものか私には判断できないが、彼の認識の基底に数学が存在していることは確かである。

また、彼は若き放浪時代に奈良東大寺に寄寓した折に仏教の感化を受け（華厳経のようだ）、その後、夫人の故郷の庄内地方をはじめ各地を転々とすることになってからも、常に仏教が彼の周りから離れることはなく、それは生涯続くことになった。

しかし、私が思うに、仏教は彼にとって信仰の対象としてあったのではなく、数学がそうであったように、彼の認識の基盤を支えるものとしてあったのだろう。

彼の認識の基盤に数学と仏教があったとはいえ、その表現の場は文学にあった。

実は私が一番興味を惹かれたのは、彼の中で数学と仏教と文学がどんな関係で絡まっているのだろうか、という点であった。


私などは森敦の名前は『月山』が世に出るまでは聞いたこともなかったし、なにか急に文学の世界に登場した感があったのだが、それは私の無知によるもので、文学仲間の間ではかなり知られていた存在であったようだ。

彼は19歳で横光利一に師事し、太宰治、檀一雄、中原中也等と同人雑誌を作り、後年39歳にして知り合った小島信夫の、文学仲間の会合にふらりと現れて文学論や作品批評を吐露していたようである。


彼は本来的に放浪の人であったから、各地を転々としながら、生活の糧を得るために光学器械会社、印刷工場、ダム工事現場等で働き、専ら思索にふけっていたようである。

彼は一カ所に留まることがなかったから、本なども多く持ち歩くこともなかったはずだが、仲間内で語り継がれる程の抜群の記憶力があって、昔一度読んだこと習ったことは忘れることがなかったようで、それをもとに自分独自の思索を深めていたようである。

しかも彼はその思索を、自分の働きながらの場所との関係の中で常に深めていっていて、これはまた興味ある点である。


――


『意味の変容』を読んだ後、私は『月山』を再読した。

『月山』は庄内の山奥にある廃寺のようになった古刹に、厳寒の一冬を過ごした経験が土台になっている小説である。

登場人物は皆、特別なこともない日常生活の舞台に現れて、主人公と禅問答のような会話を交えながら去っていく。風景の中で影絵のごとく、淡々と生き、淡々と逝ってしまう。主人公はその舞台の風景や人との出会いにおいて、自らの考えを語る主体というより、思弁の糧を巡る旅人のように見える。

確かに仏教との絡みはあるのだろうが、私は相変わらず、その意味するところがよく理解できなかった。

その後、『鳥海山』『浄土』『吹きの夜への想い』『杢右ェ門の木小屋』等々を読んでみたが、理解が深まったとはとてもいい難い状態だ（第一私はこれ等の著作年代順も知らずに読んでいた）。

著作の多くは、29歳で結婚した伴侶の故郷である庄内地方を舞台としている。そこで扱われている主題や場面は、お互いに木霊のごとく呼応しながら、多くの作品の中に、幾度も姿を見せている。

私などは、作品の意味がよく把握できないで、その木霊の中を、登場人物と一緒にさ迷う気分になるのだが、読み続ける中に、その内容に係わると思われるこの世と冥途の境をさ迷っている気分になるのだった。

著作の巻末には、森敦に係わる人々の解説、評論、対談等も多くあるので、それも読んでみたものの、ぱっと霧が晴れるということはなかった。

――

森敦は晩年、ＮＨＫが企画した『マンダラ紀行』に登場している。

これは彼が、京都、奈良、高野山、四国八十八ヶ所の諸寺のマンダラを訪ね、そこでの思索を記したものである。

彼はここで自らの生涯を振り返りながら、マンダラの世界の意味するところを、数学のトポロジーの概念を援用しながら読み解こうとしている。

これも仏教音痴の私には荷が重過ぎた。

彼の著作においては、必ず仏教に発すると思われる認識が色濃く息づいていて、私を悩ませ離さない。

彼は若き放浪時代、23歳で奈良東大寺の戒壇院で「華厳経」を聴聞した時に得た、蓮の葉に浮かんだ朝露のイメージをたびたび語っている。

――朝露は玲瓏のごとく全世界を映し出している。全世界を写しだしているからには、朝露の中にも全世界がなければならぬ。全世界があるならば、そこにも蓮池があり、その葉にも朝露が輝いている。かくて、一微塵の中にも宇宙があるという。なんと美しい証明であろう。

中村三春（1958－）は『作家案内――森敦』の中で、森敦は一貫して小説理論の探求を持続した作家だ、といっている。森敦は作家仲間の集まりなどで、小説の「構造」の重要性を説き、小説は「構造」そのものをもって主張しなければならない、といっているそうだ。

「構造」とは、彼の数学の認識に由来するものだろうが、その意味するところはよく理解できなかった。

中村三春の言によれば、「構造」は「密蔽」の概念によって定義されているという。「密蔽」の観点からすれば、小説は「非密蔽小説」と「密蔽小説」に分類でき、その「構造」は次のように論じられているという。

――「非密蔽小説」は「現実の密輸入」を含むもので、必ずしも「至るところ連続ではない」が、「密蔽小説」は「到るところ連続するものである」。「密蔽小説」の連続に対して、「非密蔽小説」は「密度」及び「カット・バック」を本質とする。「密蔽小説」は一個の名詞の発見である。

こうなるとますます解らなくなるのだが、これ等の言も『意味の変容』の内容と呼応していることは間違いないのだろう。

彼の認識の基盤にある数学の影響は『意味の変容』によく現れているのだが、仏教の影響は庄内地方を舞台とした彼の小説群や、マンダラに対する思索に色濃く出ている。それは影響などというより、それらに基づく自分の思索を如何に言葉に表現できるかの格闘の結果が、彼の作品群だといったほうがよいだろう。

2

『意味の変容』は五つの断章からなっている。

色々な主題がそれこそマンダラのごとく語られるのだが、私が一番興味を惹かれ刺激的であったのは、寓話を交えながら語られる、数学に基盤を置く認識論の思索である。

それが、私がこれから考えてみようと思い立った「無限」に対する関心を刺激してくれたきっかけであった。

彼の思索の中で、主旋律のごとくくり返し現れる文をここに記しておこう（彼は図を使って説明している）。

――任意の一点を中心とし、任意の半径を以って円周を描く。そうすると、円周を境界として、全体概念は二つの領域に分かたれる。境界はこの二つの領域のいずれかに属さねばならぬ。このとき、境界がそれに属せざる領域を内部といい、境界がそれに属するところの領域を外部という。

その時彼は、全体概念についてこういう。

――内部―境界―外部で全体概念をなすことは言うまでもない。しかし、内部は境界がそれを属せざる領域だから、無辺際の領域として、これも全体概念をなす。したがって、内部―境界―外部がなすところの全体概念を、おなじ全体概念をなすところの内部に実現することができる。

この概念は、「内部―境界―外部」による全体概念が、小説の「構造」における「非密蔽小説」に、「無辺際の領域として内部」が「密蔽小説」に呼応しているように見える。

そして彼は「非密蔽小説」「密蔽小説」いずれにおいても、それは全体概念を作り出す「構造」となりうると、いっているのだろうか。

彼はこの円の図について続けてこう記す。

——いま、中心をOとし、半径rの円を描く。Oから任意の直線を引き、その線上の円内に点A、円外に点Bをとり、$OA \times OB = r^2$とすれば、円内の任意の点には、必ずこれに対応する円外の点がある。

これは数学でいえば集合における対応・写像の考え方だろう。円内は有限の世界だが、外の無限の領域に存在する全ての点に対応する点を含んでいるというわけだ。彼は続けていう。

——OAはrより小さく、OBはrより大きいか等しいから、OAが0になれば、$OA \times OB = 0$ になって$OA \times OB = r^2$は成り立たない。また$OB = r$になっても、OAはrより小さいから、$OA \times OB = r^2$は成り立たない。

彼は円の中心と円周における矛盾の発生を語っているのだ。

さらに、中心Oを無限点とみなせば内と外の変換が可能であるという。無限に孕まれるか、無限を孕むかの違いだという。

—

森敦はこのような数学的認識である境界、集合、写像等の概念を、彼の思索の対象である哲学的概念に援用していく。

内部と外部の領域は、様々な概念、例えば生と死、有と無、一と多、自我と世界、客観と主観等々に変換することが可能となる。

彼はそこに、無限の発生と矛盾を凝視することになる。そして彼は、「無限は矛盾の発生する場である。そして矛盾はつねに無矛盾であろうとする方向を持つ」という。そして、その中で時間の概念も生まれ、宗教も立ち現れるという。

彼は無限における矛盾の発生を、幾何を使った例証でも説明している。

私なりに解りやすく説明すれば、以下のようなものである（図があるといいのだが）。

――ここに任意の三角形を描く。その時底辺より常に他の二辺の和のほうが大きい。今底辺の任意の一点より、他の二辺に平行な線を引くと、ここに元の三角形に相似な二つの小さな三角形ができる。この小さな三角形の底辺ならざる四辺の合計は、元の大きな三角形の底辺ならざる二辺の合計に等しい。小さくなった三角形においてまた同様な分解は可能である。これを無限に続けるなら無限小の三角形において二辺の和は底辺に吸収されて等しくなるはずである。そのとき無限小の三角形の二辺の総和はもとの大きな三角形の二辺の和に等しいのだから、その二辺の和は底辺に等しくなってしまう。これは矛盾である。

――

森敦が境界における内部と外部の数学的概念を援用して思索する主要なテーマは、「生と死」、「自我と世界」である。

彼の思索を私の憶測を交えながら記せば以下のようになろうか。

円周である境界が属せざる内部を「生」とし、境界が属する外部を「死」とみなすと、「生」は「死」に孕まれるが、境界は「生」に属さざるものであるから、「死」は「生」にとって接しながらも到達不能なものとなる（彼はその境界を「幽明境」と呼んでいる）。

それでは、「生」にとって「死」は不可知なものだろうか。そうかもしれないが、ここに一つの可能性を考えることができる。

集合における写像の概念を援用すれば、前述したように、内部「生」には外部「死」の全ての点に対応する点が存在し、外部「死」には内部「生」の全ての点に対応する点が存在する。そして内部と外部は変換可能である。

彼はいう。

――内部思考が自明とされる「未ダ生ヲ知ラズ。焉ゾ死ヲ知ラン」といえるとき、これを外部思考に変換し、対偶命題をとって「既ニ死ヲ知ラバ何ゾ生ヲ知ラザラン」といえる。言うまでもない、「未ダ生ヲ知ラズ。焉ゾ死ヲ知ラン」は境界がそれに属せざる領域で内部であり、「既ニ死ヲ知ラバ何ゾ生ヲ知ラザラン」は境界がそれに属する領域で外部である。

彼はさらに続けて記すが、ここは彼が働いた光学器械会社における経験を交えての断章だから、望遠鏡に即しての言である。

――望遠鏡は、これによって内部をなすところの領域の中に、外部をなすところの領域を実現し、この内部をなす現実が、まさに内部であることを証明しようとするものである。

このように森敦は「生と死」、「自我と世界」の間に認識の橋を架けようとするのである。

3

森敦は自分独自の思索の道を深めてきたのは確かであるが、もう一つ忘れてならない面があると思う。

それは、彼が生涯を通じて、具象性と多様性を手放すことがなかった、という点である。彼は、各地を転々としながら、生活のために必要になると様々なところで働いていたわけであるが、彼にとって働くということは糧を得るための手段であっただけではなく、思索を生きる現場でもあったようだ。

彼は職場で体験する、標準レンズやダムや活字印刷での手仕事が決して嫌いではなく、むしろ自分にとって益あるものと思っていたに違いない。

彼は思想もまた、職人の手仕事と同様なものと感じていたはずだ。

柄谷行人は森敦との対談でこういっている。

——私が羨望をおぼえるのは、森さんの思考が極度に抽象的でありながら、どれひとつとして実際の事象や経験から遊離したものがないということだ。工学工場、ダム工事現場、印刷や……おおよそ「哲学」とほど遠い場所と経験が、ここではその具象性と多様性をうしなうことなくとぎすまされたロジックとして結晶している。私が類比的に想いうかべるのは、レンズみがきを職業にしていたスピノザのような哲学者だ。

そして彼は、自分が感化を受けた認識や自分が独自に育んだ思索に、独断的に固執することはなかったと思う。むしろ、様々な人や物、様々な意見に興味を持ち、世の中の多様性に自由に目を開いていたといっていいだろう（彼が対談の名手といわれるのも、それに関係あることだろう）。

その具象性と多様性への思いが、彼を文学に向かわせたベクトルなのかもしれない。私が心に浮かべる森敦という人物像は、生きることに前向きなニヒリストである。

――

――無限は矛盾の発生する場所である。そして矛盾は常に無矛盾たらんとする――

この森敦の言は、私の心に残って離れない。

確かに考えてみれば、我々人類における数学、科学、哲学、宗教等の歴史は、「有限」である我々が、何とか「無限」を理解できるものとして飼いならそうとする戦いであった、と考えることもできるわけである。

私が時によく解らぬまま考えを巡らせていた、独我論、自我と世界、自由と因果律、時間と空間、人類進化における概念の獲得、脳における意識の問題等も、「無限」にまつわる問題であったと考えることができるかもしれない。

また宗教においても、「無限」の問題が横たわっているはずだ。

今まで宗教について考えを巡らせたことはなかったが、その気が全然なかったというより、この分野にどう接近したらよいか、まるで見当がつかなかったのだ。この分野に信仰として近づく気持ちが起こったことはなかったし、認識論の問題としては多少興味があったものの、この分野の広大さと深遠さにはたじろぐばかりだった。

しかしここへきて、森敦の言に促されるように、もしかしたら「無限」を突破口とすれば、この分野にも多少接近できるかもしれない、と思うようになった。

窓口を広げずに、宗教において「無限」はどのように考えられてきたのだろうかという視点に立てば、宗教の知識の乏しい自分にも多少は考えられるかもしれない。

「無限」をキーワードとして、今まで関心を寄せてきた事柄についても、色々再考してみようと思う。

II 「無限」の不思議さと謎

[1] 自覚

1

我々が「無限」を意識するのは何歳ぐらいのことだろうか。誰でも小さい頃、太陽の浮かぶ空を見上げて、あれは何だろうと思ったはずだ。それが昼の太陽や雲、夜の月や星が浮かぶ遠くの場所だと、大人にいわれるようになってもよく理解できず、それではその遠い場所の先はどうなっているのだろうと不思議だったはずだ。空はどこまで遠く続いているのかという子供の問いに、困惑しなかった親はいないはずだ。

それから、日々の生活の中で時間の観念を覚え、季節のくり返しの中で、生命の営みを知覚し、人の生死を理解するようになると、死というものが自分にもいつかはやってくるものなのだろうか、という不安に悩まされるようになる。

長じてくると、生あるものは何時か死ぬものらしいが、その生は次の世代を再生しながら連続していくようで、では自分の生と死は、いつまでも続くと思われる時の流れの中で、どう係わっているのだろうかと、不思議に思い、悩み畏れる。

空間と時間に係わる「無限」が、その後我々の意識の底に横たわり続けることになる。

進化論的に考えれば、それは時間の概念の獲得と、深く係わっているはずである。

我々が太陽の周期の中に生き、その周期を意識下に置いたとき、もののくり返しが意識され、またもう一つ、もう一回という意識が、時間や数の意識の始まりだったと思われる。

だから、時間と数の概念は深く結びついている。時間における「無限」と数における「無限」は、双子のようなものだ。いくら時間をかけても、数は数えきれないのだ。

そうして、自覚された時間の「無限」の観念の中で、死というものが意識されるようになったのだろう。我々の祖先が、死者を弔い、自らの死を意識し、死後の世界に思いを巡らすようになったのは、いつ頃のことなのだろうか。

―

我々が「無限」を自覚するのは、時間や数だけではない。空間もまた「無限」を自覚させるものであった。

その多くの場はこの宇宙である。この宇宙はいったいどこまで続いているのだろうか、という疑問に我々は皆一度は悩まされたはずだ。

「有限」というなら、その先はどう考えたらよいのだろう。「無限」というなら、それはどういう意味だろう。この問いは我々人類の始まりから現代にいたっても、まだ我々を悩ませ続ける大問題なのだ。

宇宙はまた時間の「無限」にも係わって、はたしてこの宇宙は始まりと終わりがあるのだろうか、という大問題も提起する。

最近の物理科学の話で、宇宙は「極小」から「極大」に瞬時に膨張し、「時間」も「空間」もこの変化によって生じ、宇宙は今も膨張を続けている、というような話を耳にする。しかしこれで宇宙における「無限」の問題が解決したとは思えない。「極小」「極大」とは「無限小」「無限大」と同じではないだろう。

私の中学生時代の愛読書の一つに、ジョージ・ガモフ（1904－1968）の『不思議の国のトムキンス』があった。そこで語られる、アルベルト・アインシュタイン（１８７９―１９５５）の相対性理論の話は、私の頭の中をひっくり返すようなものだった。

宇宙は湾曲しているから、ロケットで地球を飛び出したら、いつの日か地球に戻って来るかもしれない、というような話には、胸躍らされた。が同時に、しかしそうだとしても、湾曲した世界の外はどうなっているのか、その外はないというならその意味はどういうことなのか、という疑問に悩まされたことがあった。

―

それから、こんな無限感覚もある。

例えば、合わせ鏡の中にロウソクを立て、鏡の中の無限に続く光の像を見た時には、実に幻想的な不思議な気分になるものだ。

また昔見た、ある商品パッケージを思い出す。それは、そのパッケージ自体を手に持って微笑んでいる美女が描かれたパッケージなのだが、その手に持つパッケージには同じ絵が描かれているのだ。その絵の中にもさらなる同一の絵が描かれているはずだが、それがどこまで続いていたか忘れてしまったが、なにやら眩暈のような感覚にとらわれたことを覚えている。こういうくり返しは、「無限退行」と呼ばれているそうだ。

「無限退行」に似たものに、説明の堂々巡りがある。

例えば、視覚に関してこんな説明をされることがある。我々は外界を眼球のレンズ状の水晶体を通して、網膜に倒立の像を結んでいる。それを脳の中の小人が正立に直して、我々は外界を認識しているのだ。

もしそうなら、その小人はどのようにその像を見ているのか。小人の中のさらに小さな小人が見ているのか。これはどこまでいってもきりがない、堂々巡りである。無限に続くマトリョーシカ人形のような話である。

——

他にも古代ギリシャ時代から人口に膾炙している、「嘘つきのパラドックス」と呼ばれるものがある。

これは簡単にいえば「私は嘘つきだというとき、私は嘘つきか、嘘つきでないか」というものだ。この言が本当なら、私は嘘つきのはずだ。するとこの言は本当でないはずだから、私は嘘つきではないことになる。逆に、この言が本当でないならば、私は嘘つきでないはずだ。するとこの言は本当のはずだから、私は嘘つきになってしまう。

これは考えると、果てしない循環の渦に陥る。


この「嘘つきのパラドックス」は「自己言及のパラドックス」と呼ばれて、論理学上の問題でもある。そこでは、このような自己言及の話は論理学上は意味を成さない言説だ、問題にすること自体が単なる間違いだといわれるらしいが、そういわれても我々凡人には、その問い自身の存在とその不可思議さは、そう簡単に消えてなくならない。

2

では何故これほどまでに「無限」は我々の前に現れ続けて、我々を悩ませるのだろうか。

それは我々の存在が「有限」だからである。我々が自らの「有限」を自覚することは、「無限」を想起することと切り離すことはできないからだ。

我々が「ある概念」を認識の内で実体化するのは、「ある概念ならざるもの」を同時に実体化することと切り離せない。

例えば「犬」とは何か答えよと問われたら、我々ははたと困ってしまう。「犬」は「犬ならざるもの」の概念と同時でないと定められない。そんなことはない、それは四足でワンと鳴く云々とか、言葉を尽くせばそれは定義できるというかもしれない。

それでは少し抽象的にして「赤」とは何かと問われたら、これはもうお手上げだろう。我々はそういう「言葉」を、その概念を説明しうると思われる全体を知った上で使っているのではない。

それではなぜ、そういう「言葉」を日常的になんの困難も感じずに使っているのだろうか。それは我々が、「犬」とか「赤」という言葉を「そうでないもの」と区別するという形で、その使用法を社会の中で学習してきたからなのだ。

だから「有限」を自覚することは「無限」を自覚することに等しい。「有限」は「有限ならざるもの＝無限」とペアで離れられないのだ。

そして我々の「有限」の根拠が我々の「生」に由来するとき、「生ならざるもの＝死」が我々の前に、現れざるを得ない。

そこでは、「未ダ生ヲ知ラズ。焉ゾ死ヲ知ラン」であるから、「死」に対する不安は「生」に対する不安をも生むことになる。

しかし我々は、何とかして「無限」を理解しうるものとして考えたい、という望みを捨てきれない。我々の「生」の内で「死」を理解したい、という望みを捨てきれない。

そして、それが我々において不可知なものだと思いはするものの、それならなんで我々にそれが不可知なのか、という認識上の疑問がでてくる。

そう考えながら、何か解決の道があるのではないか、それを我々に教えてくれるような存在が何かあるのではないか、と望むのである。

その可能性を求めて、「生—死」を超越する存在、根源的原理、唯一なるモノ、を希求することになる。その存在が、我々における「生—死」の問題を理解あるものにして、うまく折り合いをつけてくれることを願うことになる。

しかし、唯一なるモノとして、それのみにて定立できる概念を我々が獲得することは、はなはだ難しい。そしてその可能性への思いの中に、宗教が現れるのだろう。

考えてみれば、その超越的に存在する唯一なるモノは、「無限」の別称だろう。

平たくいえば、「神」もまた「無限」の顔をしているということだ。

2 矛盾

森敦が「無限は矛盾の発生する場である」というように、「矛盾」がその中に潜むような「無限」が多々ある。むしろ逆に、そのような「矛盾」の場が、我々に「無限」の不思議さを気付かせてくれるといえる。そういう「矛盾」が、我々の歴史において様々な分野で悩ましい問題として存在し続けてきたわけだ。

我々の眼前に現れた、そういう事例を、少し取り上げることにしてみよう。

――

先ず、誰でも一度は耳にしたことがあるパラドックスがある。

それは古代ギリシャで紀元前5世紀に活躍した、エレア派ゼノンのパラドックスと呼ばれる「アキレスと亀」の話である。

先を歩く亀をアキレスは、いつまで経っても追い越せないというやつだ。アキレスが亀のもといた位置に着いた時、亀はいくらか先に行っている。アキレスがまたその位置に行った時、亀はまた少し先にいる。こうしていくらそれをくり返してもアキレスは亀に追いつき追い越せないというわけだ。

このバージョンには「飛ぶ矢は静止している」というのもある。ある瞬間、瞬間に矢がある位置を占めるならば、その間隔がいくら短くなっても、矢はその場で静止しているのだから、矢が飛ぶことはないというわけだ。

この話は古代ギリシャ哲学の時代から始まるわけだから、随分長い間我々を悩ませ続けていることになる。現実にはアキレスは直ぐにも亀を追い越すことができることを我々は知っているわけであるから、今まで多くの賢人たちが様々な言説で、そのパラドックスの解決を試みている。

それは色々難しい説明はあるようだ。例えば、それは運動の考え方が間違っているというのがある。連続（時間や運動）は分割できない。いくら小さく分割して、それをまた集めても、その総和は連続ではない、といったりしている。

「無限」に関していえば、回数の無限は時間の無限ではない、ということのようだ。

そうはいわれても我々にはよく解らないし、それなら運動とは何なのだと思ってしまう。そんな説明より「無限」の不思議さの方が、いつまでも心に残ることになる。

――

図形を使った「無限」における「矛盾」もいくつかある。

前述の森敦が『意味の変容』で語っていたのもその例だ。それは、任意の三角形をその三角形の二つの相似形に分解することができるはずで、元の三角形の長さの和は分解した辺の和に等しいはずだ。この作業を無限に続けるとすると、三角形は無限に小さくなっていって、底辺の中に吸収されてしまう。そうなると元の二辺の和が底辺の長さと等しいという矛盾が出現するではないか、というものだった。

もう一つ、私の好きな例を挙げてみる。

今、同心円を二つ描く。大きいほうをAとし、小さいほうをBとすると、Aの円周はBの円周より長い。今、Aの円周上の任意の一点をとって、そこから中心に直線を引く。すると、A円周上のその任意点に対応するB円周上の一点が定まる。そのように、A円周上の如何なる点をとっても、それに対応するB円周上の点が存在するはずである。よってA

の円周とBの円周は等しいはずである。

我々は、線は無数の点の集まりだと思っている。しかし、長い線と短い線に含まれる点は、同数だというのだろうか。不思議な話である。

さらにいえば、小さい円をどんどん小さくしていけば点になるのだから、全ての円周上の点の総和は中心の一点と同数だというのだろうか。

これは先に述べた森敦の内部、外部の写像の問題でもある。対応・写像の関係に立つと、内部は外部に囲まれているが、外部の如何なる点に対応する点を有するのだから、同じ大きさの空間を有すると考えられることになる。

さらにいえば、空間全体を一点に集約することが可能になってしまう。

——

また、数に関するものもいくつかある。

中学時代だろうか、数学で無限を表記する∞の記号を習った時、何か謎めいた記号だなと思った記憶がある。この記号はウロボロス（尾を飲み込む蛇）からきていて、メビウスの帯の記号にも使われるということだったが、∞は単に無限大という数を表すというより、何やらその陰に不思議なものが潜んでいるような気がした記憶がある。∞は如何なる数よりも大きいのだから、∞にどんな数を足したり、掛けたりしても∞より大きくなるわけではなく∞なのだ、ということだった。

そうだとすると、1＋∞＝∞のはずだから、∞を移行したら1＝∞－∞＝0になってしまうではないかと問うたら、等式において∞を移行するのは禁じ手だといわれた。それでは0×∞はどうなるのかと問うたら0×∞は意味をなさない記号だといわれた。また同様に、ある数を0で割ると∞になると考えがちだが、0で割るということは数学的には意味をなさず、これも禁じ手なのだということだった。どうやら数学において、0や∞は矛盾を発生させる危険があるようで、それを解消するのに数学は勝手にルールの方を変えてしまうものなのかと、釈然としなかった。

その後この矛盾は結構見えにくい形で、数学の証明などに紛れ込む危険があることを知った。例えば、サイモン・シン（1964－）著の『フェルマーの最終定理』に次のような例が載っている。

今　$a=b$　とする。

両辺にａを掛けると　$a^2=ab$　となる。

次に両辺にa^2-2abを加えると　$a^2+a^2-2ab=ab+a^2-2ab$　となる。

これを簡略かすると　$2(a^2-ab)=a^2-ab$　となる。

両辺をa^2-abで割ると　$2=1$　となってしまう。　?・?・?

実はこれも見えにくいが０が算入されてしまっているのである。

最後にa^2-abで割るというが、前提が$a=b$なのだからa^2-abで割るとは$a^2-ab=a^2-a^2=0$だから、０で割ることなのだ。


どうやら数式に０や∞を導入することは、矛盾の場を生み出すようである。

――

前に「嘘つきのパラドックス」で取り上げた「自己言及のパラドックス」について一言記しておく必要がある。これは単に限りなくくり返す、空回りの不思議さや驚きだけでなく、論理的問題が絡むようだ、といったことに関してだ。

これはクルト・ゲーデル（1906－1978）の「不完全性定理」に関係する話だ。この定理は厳密には数学・論理学上の問題であるのだが、一般には理論体系全体の問題として考えられている。

これは簡単にいってしまえば、私の理解するところでは、どんな理論体系においても、その中には、「嘘つきのパラドックス」のような矛盾する命題が必ず一つは存在してしまう、と考えられる定理なのだ。

裏返せば、全てを説明し尽くすような、唯一つの理論体系は存在しないということだ。

これは、我々が「有限－無限」、「生－死」の問題を克服しようとして、超越論的存在、根源的原理、唯一なるモノ、を希求しようとする時、問題になるだろうからである。

この定理が、如何なる形而上学的問題にも適応可能かどうかは、問題になるところだろうが、これもまた「無限」の「矛盾」に関係することだといえるだろう。

Ⅲ　「無限」との苦闘

1 「無限」とは何か

1

「無限」の問題は、確かに我々の歴史において、多くの分野、数学、科学、哲学、宗教等にわたって存在する問題である。そしてその問題は、それぞれのうちに孤立してあるのではなく、様々な分野に関連しながら存在しているようである。

しかし、古今の賢人たちが苦闘してきた問題を、私の浅薄な知識で深く考えることなど不可能だ。私としては、こんなにも様々な分野で、我々人類は「無限」と格闘していたのだということを、少しでも自分の問題として考えてみたいだけなのだ。

実は私は、書きながらでないと考えが収斂したり発展しない癖がある。考え抜いて、しかる後にそれを文にする人は多いとは思うが、私は考えながら書き、書きながら考えるという「ながら族」だから、書くことが散漫になったり、空回りしたりしてしまうことが多いが、そのスタイルが合っている。

勿論、大体こんなことを書こうと初めは考えて、舟を漕ぎ出すのだが、そのうち出たとこ勝負の事態になって、どこに辿り着くのか自分でも予測がつかないことになる。どこかの岸に辿り着ければまだしも、途中で引き返したり、沈没してしまうような事態も間々ある。

だから、無謀であっても、取りあえず書きながら考えを進めていくしか私にはできない。言い訳はこのくらいにして、ともかく舟を漕ぎ出してみることにしよう。

――

私のような素人が「無限」の問題を少し考えてみようと思う時、その水先案内にうってつけの本がある。A・W・ムーア（1956―）の『無限　その哲学と数学』である。著者のムーアはオックスフォード大学の哲学科の教授ということだが、私などから見て、数学に対する造詣も大変なものだ。

彼はこの中で、西洋の知、その哲学と数学の歴史の根底には、常に「無限」の問題が横たわっていた、といっている。その歴史は「無限」との格闘といっても過言ではない、といっている。彼はこの本で、西洋における哲学、数学の場で展開されてきた壮大な知の歴史を、「無限」をキーワードとして、読み直そうとしている。

だからこの本では、扱う範囲が歴史的にも広範で、哲学、数学のかなり専門的内容も含んでいるし、彼の緻密な議論が様々な形で執拗に続けられるので、私にとっては能力を超えるところが多々あって荷が重過ぎる本なのだが、それでも非常に刺激的な本であったし、多くの示唆を受けた。

この本に導かれるようにして、私の興味と理解の及ぶ範囲を、少し考えてみようと思う。

―

彼の言によれば、古代ギリシャにあって、多くの哲人が「無限」を問題にしていたが、最も真剣に考え、その影響が現在にまで及んでいるのは、紀元前4世紀に活躍したアリストテレスである。

「無限」とは何かと考える時、例えば、終わりのない、限りのない、予測できないようなあるものとか、全体的で完全なあるものとか、色々に考えられるだろうが、結局それは何やら漠として輪郭のはっきりしないあるものとして留まるだろう。それでは「無限」に向かう手掛かりがはっきりしない。

そこでアリストテレスが先ず試みたのは、「無限」をその意味において幾つかに区分けすることであった。

彼は先ず、「数学的無限」と「形而上学的無限」を区別した。

「数学的無限」とは、境界の欠如、終わりの無さ、無制限性、計測不可能性、永遠などの概念を有し、数学的・論理的な議論内容を伝えるものとした。

一方「形而上学的無限」は完結性、統一性、普遍性、絶対性、完全性、自足性、自律性などの概念を含み、形而上学的・神学的内容を伝えるものと考えた。

しかしこの分類は、決して明確に峻別できるものではなく、以後の「無限」の歴史においても様々な論の中で、その関係性が問われ、同じカテゴリーの中で論じられることも多かった。

アリストテレスはさらに「数学的無限」を「現実的無限」と「可能的無限」に区分けした。この区分けこそが、以後の二千年を超える「無限」の歴史において、常に中心の論点を提供することとなった。その意味では、アリストテレスの慧眼は正に「無限」の核心を射抜いていたといえるだろう。

しかし「現実的無限」と「可能的無限」とは何か、どう違うのか。これが聞いて直ぐ理解するのが容易なものではない。私も正確に理解したとはいい難いかもしれないが、これが「無限」の核心問題に絡むことなのだから、自分なりに理解したところを記してみよう。

2

ムーアはアリストテレスのこの区分をこう説明している。

「現実的無限」とは、時間上の一点で実存する、ないしは与えられるような「無限」である。

「可能的無限」とは時間全体にわたって実存する、ないしは与えられる「無限」である。

これは難解な説明だ。

そしてアリストテレスは「無限」を限界や境界を持たないものとしてでなく、「通過できないもの」として定義していたという。これはもっと難解だ。

そして彼は別に「無限」は可能的には存在するが、現実的には存在しない。いい換えれば、あるものは可能的には「無限」でありうるが、現実的には「無限」ではあり得ないと、いっているという。

私にはアリストテレスの見解は、何か色々あって紛らわしいが、要するにアリストテレスは、様々な形で論争上に現れる「無限」を「現実的無限」と「可能的無限」に区分けすることによって論点を明確にしたが、彼自身は「可能的無限」こそが、真の「無限」に値すると考えていたようである。

—

この「現実的無限」と「可能的無限」について、後代多くの人の解説・説明がある。

例えば、野矢茂樹（1954—）は著書『無限論の教室』で、ギルバート・ライル（1900—1976）という哲学者の言を引いて、「現実的無限」と「可能的無限」は例えば、線分を「無限の部分に切り分けることができる」と考えるか、「線分から無限に部分を切り取ることができる」と考えるかの違いだといっている。

つまり、「現実的無限」は線分には無数の点がすでに存在していると考えるし、「可能的無限」はあくまで可能性としての「無限」であって、線分を切断すれば点が取り出せるし、そしてその行為を「無限」に続けられる、といっている。

しかしこれでも私などにはすっきりとは解りにくい。

種々ある解説の中で、私にとってシンプルで解りやすかったのは、0.99999…を1とみなすのが「現実的無限」で、そうはみなさずに、限りなく1に近づいていくそのことこそが「無限」でそれが「可能的無限」だという、というものだ。

また別のいい方をすれば、こうもいえるかもしれない。

我々が数を数えるとする。それは何時までも続けられると思われるが、我々は有限であるから、数が無限であるかどうか現実的には確かめられない。確かに「無限」は確かめられないが、何時までも数え続けるという先に、「無限」というものが実存すると考えるのが「現実的無限」で、そのような状態の実存を仮定するのではなく、何時までも数え続けるというその行為の可能性として「無限」があると考えるのが、「可能的無限」といえるかもしれない。

3

「アキレスと亀」のゼノンのパラドックスは、このアリストテレスの「無限」の区分けの下でどのように考えられるだろうか。

ゼノンは決して人々を困らせるためだけにこのパラドックスを考えたのではない、という見方がある。彼は「現実的無限」において、時間があらかじめ無限小の単位の集まりとして実存しているという立場にたつと、このパラドックスを逃れられないではないか、といっているのだというわけである。

そうなるとゼノンは「可能的無限」の立場から「現実的無限」の立場に向かって批判の矢を放ったことになる。

そしてその後の歴史上のこのパラドックスに対する反論も、この「運動」なるものを「現実的無限」の説明の下で捉えようとすることが間違いのもとだ、というのが大方のようである。

例えば、野矢茂樹は先の著作でこういっている。

「現実的無限」の解釈に立てば「運動」を捉えることは不可能になってしまうが、現実的にはアキレスは簡単に亀を追い越すことができるのであって、「この時終らないのはアキレスの運動ではなく、ゼノンの解説の方です」というのである。

他にもこのパラドックスに対する様々な回答を目にするが、そして個々の論に頷くことはあるものの、私としてはどこか不満の欠片が残るのを禁じ得ない。

それは多くの論が「可能的無限」から、このパラドックスに含まれる「現実的無限」の誤用を指摘するものなのだが、つまり「現実的無限」では「運動」を捉えられないというものなのだが、では「可能的無限」から積極的に「運動」を捉える方法が提示されているかというと、それもあまり見当たらず、そのあたりが不満の原因かもしれない。

「運動」を捉えることは「可能的無限」の立場からなら可能なのだろうか。

「可能的無限」の立場から、はたして「運動」のみならず「無限」についての論理的言説は可能なのだろうか。「無限」を積極的に究明しようとすると、どうしても「現実的無限」を語ることになってしまうのではないだろうか。
そんな思いを強くする。

2 「数学的無限」

1

人類が数の概念を我がものとした時、数に潜む「無限」を直感してある種の不安や怖れを感じたに違いない。

古代ギリシャにおいて、自然数を世界の原理と崇めるピタゴラス教団は、正方形の対角線を求める過程で、その数列が終わることのない無理数$\sqrt{2}$に出会って驚愕した。ピタゴラス教団は数の整合性と調和を何より重んじて、教団内の情報を外に漏らす事を固く禁じていたから、無理数の発見者を死刑に処したと伝えられている。

また古代エジプト時代から既に、円の直径と円周の比は常に一定であることは知られていたが、古代ギリシャ時代には、円を多くの三角形の和である多角形で近似させることによって、それを無限多角形まで押し進めていけば、円周率が得られるはずだと気が付いた。しかし円周率の正しい姿はいつまでたっても捕まえることができなかった。

円周率が無理数であって、しかも代数方程式の解になり得ない超越数であることがはっきりしたのは、遥か後のもう近代になってのことだそうだ。

—

数学の歴史上、数列にまつわる「無限」の話も色々あるようだ。

例えば、素数（1か自分自身のみが約数の正の自然数）に関するものがある。

数はその性質によって色々に分類できる。例えば、自然数、偶数、分数、素数等々。

我々は、自然数、偶数、分数等が「無限」に存在することを疑うことはない。

しかし素数となるとどうだろう。直感的には「無限」に存在すると思うものの、その正否は判然としなくなる。だからこれは数学上での証明事項でもあったのだ。

しかしこの問題は、既に古代ギリシャ時代にピタゴラスによって、証明済みだという。

この証明の内容を私なりの表現でいえば以下のようになる。

今、ある素数の数列があるとして、その素数全ての積をAとし、A＋1をBとする。

この時Bは、素数であるか、約数をもつ合成数かのいずれかである。

もし素数なら、BはAに含まれない、より大きな素数である。

Bが合成数なら、その約数には必ず素数がある（約数は素数か素数の倍数）。

今、BをAにあるどの素数で割っても1余るから、それ以外のより大きな素数の約数をもつはずである。

よって、ある素数の数列があるとき、その数列中より常により大きな素数が存在し続けることになって、素数は「無限」に存在することになる。


これはユークリッドの証明に沿う説明だが、背理法を使うともっと簡単な記述にできると思う。

今、素数が「有限」ならその全ての積をA、A＋1をBとする。Bは素数の約数をもつ合成数のはずだが、どの素数で割っても1余って矛盾する。よって素数は「無限」である。

証明はどのようにするのだろうと思っていたが、この簡明さには驚かされた。

なお念のために一言すれば、このユークリッドの証明ではBが必ずしも素数であるとはいっていない。そう考えられそうだが、例えば13までの素数数列でB＝30031＝59×509であることが明らかになっている。

だから、この証明は素数の見つけ方を提示するものではない。

素数がどのような法則の下に出現してくるのか、これは現在にも続く別の大問題である。

――

17世紀に確立された数学の分野に微積分学がある。これは二人の巨人、アイザック・ニュートン（1643－1727）とゴットフリート・W・ライプニッツ（1646－1716）によってそれぞれ独自に体系化されたといわれている。

これもある意味では「無限」に関係している分野だといえるだろう。

「微分」についていえば、これは曲線のある一点における接線をいかに求めるか、といった問題に関係している。それは、実数を扱う解析学と図形を扱う幾何学を合体した解析幾何学を使って、ある関数曲線の変化率を求めるということでもある。

例えば、曲線上の任意のA点における接線の傾き（変化率）を得るにはどうしたらよいだろうか。そこで考えたのが以下のようなものである。

今、曲線上にAとは別にB点を定めて、その二点を直線で結べば、その二点の直線的傾き（変化率）が得られる。そこでB点を曲線上でA点に徐々に近づけていくとする。そしてその距離を無限に0に近い値にしていけば、究極A点における接線（変化率）が得られるはずだ、という考えだ。

そして限りなく0に近い距離を「微小」と呼んで、その値をA点における接線の傾き（変化率）としてみなした。「微分」とはその「微小」時間における変化率を求めることである。

では「積分」とはどういう考えに基づくものだろうか。

「積分」とは、古くからあった、曲線が関係する図形の面積や体積をいかにして求めるかという問題と関連するものである。

その問題に対する昔からの解決法の多くは、全体を理解と計算可能な小さな部分図形に分解することであった。そして、その分解図形を限りなく小さく、限りなく多くして、曲線図形に近づけていけば、それらの総和をもって正解に限りなく近づくはずだ、という考えに基づくものであった。

「無限」になぞらえていえば、限りなく「無限小」に分解し、限りなく「無限大」に集積するといえるだろう。

それが17世紀になって、「微分」の領域と関係づけられて、一つの微積分学として整えられてきたのだ。

だから微積分学にあっては、「微分」は「微小」時間における変化を求めるものであるが、その変化の集積を求めるものが「積分」といえる。「微分」は曲線の接線に関係するが、「積分」は曲線による面積や長さに関係するといえるだろう。

また微積分学は物理学における運動に関係していて、「微分」は「速度」を、「積分」は「距離」に係わるといえるだろう。

だから、物理学における加速度の解明や、物体の飛行や宇宙の運動の解明等は、この微積分学に負うところが大きい。

この分野で関係する「数学的無限」は「現実的無限」だといえる。しかし0や∞を扱うのに、矛盾が発生することがないのは何故だろうか。

それは、直接に0や∞に係わるのではなく、それぞれに極限的に近い値として、「極小」や「極大」の概念を導入しているからだろうか。

2

数学における「無限」の探求は19世紀になって、ロシア生まれの若き天才数学者ゲオルク・カントール（1845―1918）の出現によって、そのエポックを迎えることとなった。

彼は「無限」を理解あるものとするために、「現実的無限」を対象として探求の道を突き進むことに躊躇しなかった。

「無限」の探求において「現実的無限」を対象とすることは、どこかでパラドックスを発生させる危険があるやもしれないが、数学的形式においては「現実的無限」について語ることしかできないなら、可能な限りそれを追求すべきだと考えたのかもしれない。

その探求において、パラドックスを生まないような解決策が得られるかもしれないし、この探求が数学の分野に新たな領域をもたらす可能性もあるのだから、もしそうなら、「現実的無限」を真の「無限」と考えてよいのではないかと考えたのかもしれない（彼は敬虔なクリスチャンで、「無限」の探求は神から与えられた使命だと考えていたらしい）。

彼は「無限」に立ち向かうのに、「無限」を「集合」という概念の枠組みの中で考えることにした。

ここで「無限」を「集合」と考えるというのは、「無限」を「現実的無限」として取り扱うということに他ならない。

「集合」という概念は一群のものの集まりということだから、別に難しいものではない。例えば、1から10までの自然数を集めたものは、一つの「集合」である。また1から10までに含まれる偶数も一つの「集合」である。これらは「有限集合」である。

そしてカントールは「無限」と思われる数においても「集合」を考えた。例えば、自然数全てが要素となる「集合」は「無限集合」といわれる。またその中にある偶数全体も「無限集合」である。

なぜ彼はそんなことをしたのか。彼は様々な「無限集合」の大きさを比較しようと考えたのである。

もし二つの「集合」でどちらが大きいかを考えるとしたら、どうしたらよいだろう。

「有限集合」であれば、数えてみればどちらが大きいかは明らかである。1から10までの「集合」と、1から10までに含まれる偶数の「集合」では、前者の「集合」のほうが大きいのは明らかである。

それでは「無限集合」同士はどう比べたらよいのだろうか。

ここで、カントールが採用したのは、「対応づけ（写像変換）」という方法である。

これも別に難しいものではない。二つの「集合」の要素を対にして比べる方法である。

これは数をまだ知らない子供でもできるものだ。

例えば、ここにいくつかのリンゴとミカンがあるとすると、リンゴとミカンを対にして外していけば、最後に残ったほうが多いということになる。

この方法で「無限集合」を比べてみると、整数と偶数は「無限」においては一対一の対応がそれこそ無限に可能であるから、整数の「無限集合」と偶数の「無限集合」は同じ大きさということになってしまう。これを数学的には濃度が同じといっている。

偶数は整数の部分にもかかわらず、その「無限集合」においては、同じ大きさだというのだから、何とも不可思議な話である。

勿論、偶数は整数に含まれる数だから、含む含まれるという、全体と部分において大小を考えるという考えもあるだろうが、カントールは、「対応づけ（写像変換）」において、大小（濃度）を考えようとしたわけである。

これは「無限」における矛盾の例として記した、異なる長さの線分の比較において、一方のどの点をとっても他の線分上の点と一対一の対応が可能だから、そうなると二つは同じ長さになってしまうのではないか、という疑問にも対応するものである。

「現実的無限」の立場にたてば、どんな長さの線分の点の数も、大きさが同じだというわけだ。

―

カントールの考察はさらに進んで、「無限集合」は皆同じ大きさなのだろうか、という疑問に向かっていく。整数より大きな「無限」はあるのだろうか。

この辺から、カントールの天才ぶりが発揮されてくるのだが、それが「ある」のである。実数は整数より大きな（濃度の高い）「無限」なのだ。

ここでカントールは対応表における「対角線論法」を駆使するのだが、これは図がないと解りづらい。しかしこの「対角線論法」はカントールの「集合論」の要なので、私の理解で記してみる。

ここで、自然数と実数を比べてみることにする（実数全体もまた一対一の対応づけによって、０－１間の実数と濃度が同じはずだから、説明が容易なようにいま自然数と０－1間の実数を比べてみることにする）。

０－１間の実数は少数と無理数（例えば、1/3＝0.3333...）も含む数だ。今正方形のマトリックスをつくって、自然数１に対応して０－１間の実数を任意に書き込む。例えば、0.01333...それが有限な小数であれば、その最後の数の後に０を無限に続けるとする。次に２に対応してまた任意の実数を書き込む（例えば、0.1234000...）。これをくり返していったとき、自然数の無限数に対応して任意の０－１間の実数を任意に書き込めるわけである。

はたしてこの時、自然数に対応できないような実数が現れるだろうか。

自然数はいま「無限」にあるのだから、どんな０－１間の実数もこの対応表の中に見つけ出せるような気がする。

しかし、自然数の「無限集合」では対応できないような実数が考えられるのである。

今、「実数」の０以下の第一位の数を対応表の自然数１に対応している実数の第一位と違う数字を書き（例でいえば０でない数）、第二位の数字を自然数２に対応している実数の第二位と違う数字を書く（例でいえば２でない数）。これを全ての対応表において行ったとすると、自然数が無限に続くとしても、この対応表に現れなかった実数を書くことができるのである。これが「対角線論法」である。


なにやらマジックを見るようだが、「現実的無限」の立場にたてば瑕疵はない。

結論としては、０－１間の実数の「無限集合」は自然数の「無限集合」より大きいのである。つまり、自然数と実数の大きさ（濃度）は違うのである。


――


カントールによる「無限」の究明はこれだけでは終わらない。

彼は「無限集合」の要素による「部分集合」を考え、その「部分集合」全てを集めた「集合」の「集合」を考えて、これを「ベキ集合」と名付けた。

例えば自然数による「無限集合」の「部分集合」は整数、奇数をはじめ、ｎ×３とか、他になんでも任意に無限に作ることができる。だから全ての「ベキ集合」も「無限集合」である。

そして、「無限集合」であるもとの自然数とその「ベキ集合」を、例の対応表における「対角線論法」を使って比較してみると、驚くべきことに「ベキ集合」のほうが大きいのである（この辺の説明は私には荷が重いので、結論だけにさせてもらう）。

一般化すれば、任意の「集合」はその「ベキ集合」の方が大きさ（濃度）が大きいのである。

さらに進んで、「ベキ集合」に対して、またその「ベキ集合」を作ることは可能だろうか。「ベキ集合」の定義からいって、これは可能である。そしてその「ベキ集合」は要素としての「ベキ集合」より常に大きいのだ。

それでは「ベキ集合」の「ベキ集合」の「ベキ集合」ではどうか。可能である。

「ベキ集合」の「ベキ集合」の「ベキ集合」の「ベキ集合」ではどうか。可能である。

では……。

そうなるとここに「集合」の階層化により無限に続くと思われる、「集合濃度」の序列が出現することになる。これはまるで、そもそもの始まりの自然数の無限数列を見るようではないか。

そこでカントールは、自然数の代数に比すべき「集合論」を構築していった。自然数における０のような「集合」を想定し、これを「空集合」と名付けた。「集合」における演算も形式化した。これは我々の知る代数とは大分異なるものであった。例えば、代数では１＋２＝３であるが、「集合論」においては大きさの違う二つを足しても、答えは大きい方の大きさになる。代数の比喩でいえば１＋２＝２なのだ。

ここに至って、カントールの「集合論」の王国において、我々を悩ませていた「無限」は、自然数と同じように、我々が理解し操作しうるものになったと思われた。

しかし本当にそうだろうか。

3

やがて、カントールの「集合論」における最初のパラドックスが姿を現した。

それは、究極の「集合」、「全ての集合の集合」を考えることは可能か、というものだった。

これは「カントールのパラドックス」と呼ばれるもので、以下のようなものだ。

「全ての集合の集合」があるとすると、その中には「全ての集合の集合」も含まれるはずである（「全ての集合の集合」も「集合」なのだから）。しかし、「全ての集合の集合」はその定義からいって最大の「集合」なのだから、それを要素に含むような「集合」はないはずである。これは矛盾だ。

なにか拍子抜けするような証明だが、これが「カントールのパラドックス」といわれているものだ。

これはまさに、「自己言及のパラドックス」だ。

——

そもそもカントールの「集合論」においては、無限に続くと考えられる様々な数の集まりを、様々な「集合」として扱ってきた。そして「対角線論法」を駆使し、「ベキ集合」を考え、「ベキ集合」の「ベキ集合」を考えることによって、「集合」の順列の階層化が行われた。

「集合」の定義に基づけば、自然数の「集合」が一つの「集合」であると同様に、「全ての集合の集合」もまた「集合」の一つと考えることは可能で、それを妨げる理由はどこにもないはずなのだ。しかしそれを是認すると矛盾が避けがたいのだった。

しかし、このパラドックスの存在はカントールも予期していたようで、「自らを要素とする集合」を「集合」として認めなければ、彼の「集合論」の中で、「全ての集合の集合」の問題を解決できると考えていた（数学ではルールを変えられるのだ）。

「集合」の階層化が整数の数列の姿に相似するものならば、「全ての集合の集合」が存在するかという問いは、整数に例えていうならば、「全てを超える数があるか」「数に限りがあるか」という問いと同型であると思われる。

それは「無限」の定義からいって、問い自体が意味をなさないのだから、カントールの「集合論」において「自らを要素とする集合」を「集合」として認めない、というのは理にかなっていると思われた。単に「全ての集合の集合」はないというだけのことで、別にこれはパラドックスと呼べるような事態ではないのではないか、と思われたのだ。

カントールの「集合論」において、「無限」は我々のよく知る自然数と同程度に、理解可能で、操作可能なものになったと思われた。

「数学的無限」を「現実的無限」の相のもとで構築したカントールの「集合論」において、「無限」は我々の手に落ちた、と思われたのだった。
しかし本当にそうだったのだろうか。

——

やがて別の疑問が、イギリス生まれの著名な哲学者・論理学者・数学者のバートランド・ラッセル（1872－1970）から投げかけられた。それは、次のようなものであった。

「自らを要素とする集合」は認められないというのだから、ここでは「自らを要素とする集合」ではなく、「自らを要素としない集合」を考えよう。それは「集合論」を成り立たせている自明の「集合」のはずだ。
そして今全ての「自らを要素としない集合」の「集合」を考えて、それを仮にAとしよう（それは禁じられていないはずだ）。そして「自らを要素としない集合」を任意に考えて、それを仮にBとしよう。そうすると、Bは「自らを要素としない集合」の一つなのだから、それが全ての「自らを要素としない集合」の「集合」Aの要素であることは自明だし、また「自らを要素としない集合」の定義からBがBの要素でないことも自明である。

すなわち、BはAの要素であると同時にBはBの要素ではない。

ここまで聞くと、ここまでの論理に何も不都合はないように見える。

ここでラッセルはBをAに入れ替える（Aも自分自身を要素に持たない「集合」なのだからそうできるはずだ）。するとどうなるか、あーら不思議。前文、BはAの要素であると同時にBはBの要素ではない、はAはAの要素であると同時にAはAの要素ではない、となってしまう。これは矛盾である。

これが「ラッセルのパラドックス」と呼ばれるものだ。

なんだか我々素人にはレトリックのマジックのような感じもするが、多くの賢人たちがこの「パラドックス」を認めているのだから、論理の瑕疵はないのだろう。

「ラッセルのパラドックス」の破壊力は強力だった。カントールの「集合論」の王国は死に瀕する事態となった。

「可能的無限」こそが「無限」なのだという立場からは、カントールの「集合論」に対して、多くの否定的見解がよせられた。

カントールが「無限」を「現実的無限」として扱ったことから、この矛盾が発生したのだ、というのが大筋だった。

「無限」を「集合」として考えることは「無限」を「現実的無限」と考えることに他ならず、それを基に「対角線論法」で論を進めたことが矛盾の発生源だという批判だった。これはなにやら「ゼノンのパラドックス」における、「現実的無限」批判を思い起こさせるような話だ。

―

しかし一方で、カントールの「集合論」を何とか援護しようとする人々もいて、例えば「集合」を新しい形で定義し直すことで、新たな形の「集合論」の構築を目指そうとする動きも起こった。

現在では、カントールの「集合論」は「素朴集合論」と呼ばれ、新たに「公理的集合論」が考えられているようだが、ここではもう我々が主題とする「無限数」とは袂を分かっているようである。

もうその辺の事情については、私の理解の範囲を超えている。

4

ムーアは彼の本の後半で、主にこのパラドックスの問題を扱っている。

彼は「ラッセルのパラドックス」を前にして、我々が「無限」を思考することが本当に可能なのだろうか、という問いに苦慮しているように思われる。

我々の理性が「無限」を捉えようとすると、その思考そのものに矛盾を発生させてしまう芽があるのではないか、という疑問である。


ムーアはゲーデルの「不完全性定理」に言及しながら、これを「無限に関する思考のパラドックス」と呼んでいる。それこそが「無限論」の核心的問題だといっている。

我々が「無限とは何か」と考え、理解しようとする時、「現実的無限」として思索せざるを得なくなり、その結果必然的に矛盾が発生してしまう事態は、確かにムーアのいうように「無限に関する思考のパラドックス」と呼ぶにふさわしい事態に思われるのだった。

この事態に、ムーアは「無限」を理解しようとする試みは、不可能で無意味なことだと白旗を掲げざるを得ないと考えていただろうか。

いや、ムーアは終わり間近で、ルートヴィヒ・ウィトゲンシュタイン（１８８９－１９５１）に援軍を要請する。

言表不可能なものは「語り得ないが指し示す」ことは可能だという、ウィトゲンシュタインの言葉をもって、その不可能に抵抗しようとしている。「無限」に対する洞察を言葉で表現できなくとも、指し示す方法はあるはずだという。理性によっては解明できないにしても、我々の持つ他の能力によって「無限」の何たるかを「指し示す」ことができるはずだということだろうか。

「無限」を理解し得るものとしようとする試みは、「語ること」、言語による言表の極限問題と軌を一にする問題なのだろうが、この辺になると、私はウィトゲンシュタインの「語り得ぬものを指し示す」という彼の哲学をよく知らないから、その正否は判断できない。

ただムーアの、それでもなお「無限」についての究明の可能性を見出そうとする気概には同感を覚える。

私としても、数学における「無限」の解明が、シジフォスの神話のごとき無駄な努力だとは思いたくない。

多くの賢人たちが「無限」に挑むことによって、我々の「知」の新しい領域が拡大したことは確かだし、私のような凡人にさえその不思議さに心踊らされることは確かなのだから。

森敦の声が聞こえる。

――無限は矛盾の発生する場所である。そして矛盾は常に無矛盾たらんとする――

3「形而上学的無限」

1

アリストテレスは「無限」を「数学的無限」と「形而上学的無限」に区分けしたが、そこにおいて「形而上学的無限」を完全・統一・絶対等に形容される、あらゆるものに超越する意味の「無限」とした。それは形而上学的、神学的「無限」であったから、多くは哲学の領域で思索される問題であった。

世界の歴史において、完全・統一・絶対等を象徴するものは様々に語られてきたが、それは全てを超越した始原として、この世界を創造したものは何かという問いに集約できるだろう。

それは多くの場合、「神」の名で呼ばれるような「無限」であったのだ。勿論それは「神」とは別称で呼ばれたり、別の具体物に仮託されることはあったが、それらは皆形而上学的、神学的「無限」だといえるだろう。そしてその存在は、多く神話・伝説の中で語り継がれてきたのだ。

初期ギリシャ哲学においては、叙事詩人ホメロス等により語られたミュトス（神話・伝説）の時代の後には、多くの哲人によって万物のアルケー（万物の根源なるもの）が語られた。例えばターレスは水、ヘラクレイトスは火、ピタゴラスは数、エンペドクレースは土、水、火、空気等だと主張し、またそういう具体物ではないといって、デモクリトスはアトモス（不可分体）、アナクシマンドロスはアペイロン（無限定なるもの）だといっているそうだ（アペイロンは我々のいう「無限」か？）。

西洋同様に東洋の歴史の中でもまた、万物の根源なるものは多く語られてきたとは思うが、それを基として思弁的に世界を説明しようとする試みが、それほどあるとは思えない。先ず、古代中国の思想に登場する「太極」が思い出される。

「太極」は古代の陰陽思想と結びついて、天地万物の生成を「太極」の陰と陽の二分の働きとして説明している。

「太極」は古代儒教が発展した12～13世紀宋代の朱子学、宋学の中でも存在の根源とされ、「理・気」の二元論をもって、自然の秩序と人間社会の秩序を一貫性のあるものとして、説明しようとしている。

—

後代、ヨーロッパにおいてキリスト教が、この世界の基本原理とみなされるようになると、「形而上学的無限」の問題は「神」や「天国」の関連で考えられるようになった。

中世にあっては、「神」の権威とその世界像は絶対であって、それに反旗を翻すことは死をも意味していたことだろう。だから「神」の教えと現実世界において様々な矛盾が露呈しても、それをいかにして「神」の教えと矛盾なきものとするかが、全ての知的分野のなすべき課題であったはずだ。

しかし、ルネッサンスという人間中心主義の運動があり、宗教革命の波が起こり、科学の発達により自然現象や考古学的自然の実態が明らかになるにつれ、「神」の下での絶対的真理にも疑いの目が向けられるようになってきた。

17世紀になって、科学が哲学に新たな視点を提供するようになると、その影響下で「神」の実存の問題が大きな問題とされるようになった。

このいわゆる「神の存在証明」の問題を、「形而上学的無限」の見地から考えてみようと思う。何故なら「神の存在証明」は「無限の実存証明」ともいえるのだから。

この時、「現実的無限」と「可能的無限」の区分けは「数学的無限」の考察と同様に、「形而上学的無限」においても我々に考える手掛かりを与えてくれるかもしれない。

2

そもそも「神の存在証明」という言葉は中世に端を発していて、13世紀の神学者・哲学者のトマス・アクィナス（１２２５－１２７４）は『神学大全』の中でこの問題を扱っているそうだ。

近代哲学の始まる17世紀以降、多くの賢人たちがこの「神の存在証明」に取り組んできた。

ブレーズ・パスカル（1623－1662）は『パンセ』の中で賭けの論理を展開して、「神」の実存が判らない時は、存在する方に賭けるのがよいといっている。「神」の問題は、理性ではなく信仰の問題だということか。

これは「神」は「可能的無限」だという見解だろう。

―

ルネ・デカルト（1596－1650）が唱えたとされるのは、「神」は完全であるからあらゆる肯定的属性を持つ。存在も属性であるから「神」は実存する、というようなものらしい。

これはおかしい。問題は、何故「神」は存在を含めた完全なる肯定的属性を持つ、といえるのかである。完全なるあらゆる肯定的属性を持つのが「神」であるからである、ではどうみても、「神」は「神」だから実存する、というトートロジー（同語反復）だろう。

しかしデカルトほどの人物が、このほころびを知らなかったとはとても思えない。彼はなんとか理性によって「神」の存在証明をなそうとしたのだろうが、「神」の存在は不可知であると知っていたに違いない。しかし彼においては、何が何でも神の存在を必要とする理由があったのだろう。

―

バールーフ・デ・スピノザ（1632－1677）の「神」に関する見解は「汎神論」であるといわれている。この世の構成原理は「実体」であって、この世でただ一つの確実な「実体」は「神」のみだという。「神即自然」であって、この世は我々自身を含めて、至る所、至る形においても「神」に満たされているという。

「神」は自己原因たるものであるから、勿論実存するということになる。しかし自己原因とは、やはりトートロジーのことだろう。

私にはもうこれは、信仰告白以外の何物でもないと思われる。

―

ライプニッツは、デカルトの言に似るものの他にも、「神の存在証明」をいくつか考え出したらしい。

一つに「因果律」によると思われる説明がある。

それは要約を怖れずにいえば、世界は全て原因—結果の因果関係でできている。しかしどこまでたどるにしても、最終的には始原の原因がなければならず、それが「神」である、というものだ。


これはあらゆるものの始原・根拠を問う議論の中に現れる論である。

今「因果律」の連鎖は原理的に「無限」であるとするなら、そこに始原があるというのは、「無限」の定義矛盾だろう。

「因果律」の「無限」連鎖は「神」で終焉するというのは、「神」は矛盾をも可能とする全能者だというのだから、デカルトのトートロジーと同型ではないか。


他にも自然の「予定調和」を持ち出す論があるようだ。自然がこのように精密で調和あるものにできているのは究極の設計者がいるに違いない、それが「神」だ、というものである。これはどうみても「神の存在証明」というより「神の存在願望」と呼ぶようなものだろう。

3

「神の存在証明」の問題は18世紀、イマヌエル・カント（1724－1804）によって一応の決着をみることになる。

彼はそれまでの存在証明を、目的論的証明、本体論的証明、宇宙論的証明の三つに分類し、いずれも理性によっては「神」の実存性を証明できない、といっているそうだ。

彼はこの問題を『純粋理性批判』で第四のアンチノミーの問題として取り上げている。

このアンチノミー（二律背反）の問題は、全て別の視点からの「無限」に関する問題を含んでいるので、ここに提言部分を記してみる。

第一アンチノミーで、「無限大」の問題を取り上げている。

正命題　：世界は時間的始まりを持ち、また空間的にも限界を有する。
反対命題：世界は時間的始まりを持たないし、また空間的にも限界をもたない、即ち
　世界は時間的にも空間的にも無限である。

第二アンチノミーでは、「還元論」を取り上げているが、これは「無限分割」の問題のようにも読める。

正命題　：世界においては、合成された実体はすべて単純な部分からなっている、また世界には単純なものか、さもなければ単純なものから成る合成物しか実存しない。

反対命題：世界におけるいかなる合成物も単純な合成物から成るものではない、また世界には、およそ単純なものはまったく実存しない。

第三アンチノミーでは「因果律―自由」の問題を扱っている。

正命題　：自然法則に従う原因性は、世界の現象がすべてそれから導来せられる原因性ではない。現象を説明するためには、そのほかになお自由による原因性をも想定する必要がある。

反対命題：およそ自由というものは存しない、世界における一切のものは自然法則によってのみ生起する。

第四アンチノミーでは「神」の実存の問題を扱っている。

正命題　：世界には、世界の部分としてかさもなければ世界の原因として、絶対に必然的な存在者であるような何か或るものが実存する。

反対命題：およそ絶対に必然的な存在者などというものは、世界のうちにも世界のそとにも、世界の原因として実存するものではない。

——

こう並べてみると、カントは「無限」の問題を、アンチノミーの問題として考察しようとしていたとも読み解ける。

そしてカントは、これらの諸問題はどちらが正しいというものではなく、判断不能な問題であるといっている。何故かといえば、それらは我々の理性の範囲を超える問題だからだという。しかも我々の理性はそういう問題を考えざるを得ないように働くのだという。

カントは我々の理性では、「無限」を「現実的無限」と考えても「可能的無限」と考えても、それを捉えることはできないといっているのだろう。

そうなると、ムーアのいう「無限に関する思考のパラドックス」は理性の下では避けられないことになるのだろうか。

それではカントは、理性による「神」の実存が不可知ならば、「神」をどう扱ったらよいかと考えていたのだろうか。

カントは『純粋理性批判』においては理性の下での「神の存在表明」は不可知だとしたが、『実践理性批判』において、我々が倫理的、道徳的行為を行うためには、その根拠たりうる「最高善」としての「神」の存在が「要請」されなければならないと考えていた。

思考と行動とでは別の規範がありうるということだろうか。

思考においては「無限」はパラドックスを生むが、行動においては「無限＝神」の存在は、パラドックスを生まない、むしろ必要とされるということだろうか。

カントにおいては、「形而上学的無限＝神」は、理性においては「数学的無限」であり、行動においては「可能的無限」だと考えられていたのだろうか。

この「神の存在証明」に関して私が思うのは、賢人たちは決して「神」の実存性に反対しようとしているわけではない。むしろなんとかして、科学の発展の中で「神」の絶対性に疑義が生じようとする中で、自分自身は勿論、世の人々をその疑義から解放し、キリスト教との共存を図りたいという思いで、奮闘していたのだろうと思う。

「形而上学的無限」の証明と解明に尽力していたのである。

――

カントの遺産を受け継いだゲオルク・W・F・ヘーゲル（1770－1831）はどうだったか。

ヘーゲルはカントが理性の外に設定した経験的、現実的事象も全て理性の範疇のこととみなしたようだ。彼は人間の理性をカントが考えるより、もっと動的で力強いもの、変化発展していくものとして考えた。

理性はアンチノミーを超えて、正―反―合をくり返すダイナミックな運動体として、世界全体を理解することが可能なのだと考えた。そうなると理性こそが全てのものの根拠ということになる。彼はそれを「世界精神」と呼んだ。

その時「形而上学的無限＝全体性」は「世界精神」そのものと化すことになるのではないか。「世界精神」の下で、歴史はその精神の自己実現の過程とみなされるようだから、

「時間」は「形而上学的無限＝全体性」の中で、「現実的無限」の見地のものと考えられることになるだろう。

ヘーゲルがこの「世界精神」によって、世界全体を理解可能な統一あるものとしようとする試みは、前述の宋学において、自然と社会を理気二元論によって統一的に説明しようとする試みと、私には一脈相通ずる「知」の形式に感じられる。

――

その後ヘーゲルの観念的世界像に対しての反発が、「生の哲学」と呼ばれるような実存主義等の新しい哲学として起こることになった。

その反発の中心は、ヘーゲルの「世界精神＝形而上学的無限」による観念的世界像における「時間の流れ」の問題だった。そこにおける「時間の流れ」は、我々が生きる中で経験している不断で持続する生としての「時間の流れ」と別物の、既に物質と化した死に体と見えたのだった。

彼らにとっては、ヘーゲルによる「時間の流れ」は、「現実的無限」の見地からの「時間の流れ」であって、真の「時間の流れ」は「可能的無限」の相のものだったのだ。

その後、この「時間の流れ」の問題は、「現実的無限時間」と「可能的無限時間」、「科学的時間」と「哲学的時間」、「物理的時間」と「経験的時間」といった様々なバリエーションでの対立問題として、様々な分野で顕在化して現在にまで及ぶことになった。

4

「形而上学的無限＝完全性」の存否に関しては、「2数学的無限」で「嘘つきのパラドックス」との関係で取り上げた、ゲーデルの「不完全性定理」の問題がある。

このゲーデルの「不完全性定理」が1980年代の日本で柄谷行人等に取り上げられて、「ゲーデル問題」として騒がれたことがあった。

この「不完全性定理」は数学・論理学の問題として1930年に発表されたものだが、半世紀後の日本で、我々の「知」の限界問題として広く問題視されることになった。

その「不完全性定理」は色々な人によって解説されているが、私が理解するところでは、形式的論理体系はその中に必ず証明不能な命題を含んでしまうというものだ。例に挙げた

「嘘つきのパラドックス」のような命題が出てきてしまうということだ。
そうなると、全てを説明し尽くすような理論の構築は不可能だ、ということになる。
「形而上学的無限＝完全性」は論理的には存立できないことになる。

——

それは、西洋の「知」が世界・自然を隈なく説明し尽くそうとした努力が、自己破綻せざるを得なくなったと受け取られた。だからこそ、「知」の様々な分野においてそれが問題視されたのだった。

私にも、その意味するところは重大だと思われたが、心の片隅でそうあっても別に不思議はない、という感じもあった。

事実当時の日本では、そんなことは東洋の「知」にとって既に解っていたことだ、という言説も散見された。しかし、私はその見解に喜ぶ気にはなれなかった。

私が本当に驚いたのは別の点であった。それは、「形式化」の徹底を目指す西洋の「知」自身が、自らの「不完全性」を証明したことだった。

確かにそのことは、既に東洋の「知」によって考えられていたかもしれないが、その証明は徹底した形式化である数学という「知」の中で、最も明示的説明を有する形で行われたのだ。私はそういう西洋の「知」に、東洋の「知」を凌ぐ凄みを感じたのだった。

――

その頃、ダグラス・R・ホフスタッター（1945－）の『ゲーデル、エッシャー、バッハ』という本が出た。不思議な取り合わせだと思って読んだが、細かい内容はほとんど覚えていない。「不完全性定理」が解るかと思って読んだのだろうが、そうでもなかったようだ。

それでもこの本が、知的迷宮に遊ぶ楽しさを啓蒙する不思議な魅力に溢れていたのは、印象に残っている。その頃の日本の論調は、「ゲーデル問題」の「知」に及ぼすマイナス面をいうものが多かったので、印象に残っているのだろう。

もう一つその関連で読んだ別の本でジェイムズ・D・スタインの『不可能、不確定、不完全』というのがあった。

ここでは三つの「知り得ないこと」が扱われていた。

一つは、ケネス・J・アロー（1921－2017）の「不可能性定理」で、例えばこの定理によれば、個々人の選考傾向を集計することで好ましい選考を導くことは不可能であるということを数学的に証明したものだそうだ。それによれば、完全な民主的な投票方法はあり得ないことになる。

もう一つは、ヴェルナー・K・ハイゼンベルク（1901－1976）等による、量子力学における「不確定性原理」である。これによれば、量子的世界においては、位置と速度を同時に確定することは不可能だというものだ。量子的世界像は確率的世界像であるから、因果律は我々が考えるような姿ではないらしい。

そしてもう一つは、ゲーデルの「不完全性定理」で、この三つの「知り得ないこと」に関することを扱ったものだった。

この本においても、「知り得ないこと」が証明されたことは、ネガティブなことではなく、むしろ新しい展開への始まりだ、という考えが基盤にあった。

西洋の「知」はしぶとい、と思った。

4 自然科学と「無限」

1

西洋の知における「無限」との苦闘を、数学、哲学の分野で見てきたが、歴史の中で科学は数学、哲学に対して、協力関係や緊張関係をくり返してきた。それは「無限」に絡む問題に関して、どう現れただろうか。先ず自然科学の分野における「無限」の問題を考えようと思う。

西洋科学は古代ギリシャに端を発するといわれるが、この創生期においては、科学は哲学と分かち難く結ばれていた。

「3 形而上学的無限」の章で記したように、中世においてはキリスト教が全ての規範であった。しかし、ルネッサンス運動や、宗教革命を経て、近代科学の創生期を迎える頃には、自然現象や考古学的自然の実態が明らかになるにつれ、「神」の下での絶対的真理にも疑いの目が向けられるようになった。

「近代科学の父」と称されるガリレオ・ガリレイ（1564－1642）等によるキリスト教権威との相克を経て、17世紀頃にはデカルトやライプニッツのように、哲学者と科学者の二足のわらじで活躍する人が少なくなく、近代科学は近代哲学と共に始まったといわれている。そこにおける自然科学は、「形而上学的無限＝神」に対する、疑義とその解決への努力でもあったといえるだろう。

その流れの中で特筆すべきはやはり、アイザック・ニュートンだろう。「2 数学的無限」の章で前述したように、ニュートンは数学においては微積分法を初めて考案し、光学においてはニュートン式望遠鏡を創作したといわれる。

しかし何といっても第一の功績は、リンゴの逸話で知られる万有引力の発見と、それに基づくいわゆる「ニュートン力学」の確立である。

この「ニュートン力学」に基づく世界観が、以後近代まで我々の世界観を支配してきたのは、周知の事実である。

しかし、近代科学の発展とともに、科学と哲学の遊離と相克が様々な分野において顕在化してきた。

次章で見るように、科学と哲学の相克は、主に科学が自然科学に止まらず、応用分野を拡げたところの社会科学における相克が顕著であった。

——


自然科学と数学の関係はその出自からして常に双子のような関係であり続けた。

そもそも自然科学とはこの世に存在している自然現象を解明しようとする学問であり、その方法論はそれに則したものでなければならないはずである。

その解明のためには数学は力強い味方であるが、それが事実の解明に有効なら応用させてもらうが、役立たなければ使わないということだろう。


しかし今、「無限」に係わると思うような事象を解明しようとする時、数学との共闘にはある問題が潜んでいると考えられるのだ。

それは数学の分野における「無限」においては、「現実的無限」と「可能的無限」の見方の違いがあり、「現実的無限」のもとでの「無限」の解明においては、常にパラドックスを生じてしまう危険があったからだ。

私としては、自然科学がこの問題をどう扱ってきたかということが、興味を惹かれる点である。

――

その前に、科学的方法論とは何かを確認しておきたい。

私はその二本柱は「還元論」と「因果律」であると思っている。

「還元論」は、物事の現象を全て要素に分解しその間の相互作用を解明し、それを総和すれば物事の全体が明らかになるとする考え方である。そしてその相互作用は、原因によって結果が生じるという「因果律」のもとで解明できるとするものである。

その究極の論といえるものに「分子決定論」がある。

それによれば、この世の事象は煎じ詰めれば、全て要素は分子にまで還元できて、その分子間の相互作用が物理法則で決定できるなら、その「因果律」によって全てを統合すれば、この世の全ての事象は明らかになるはずだ、というものである。

全ての分子の運動を解析できれば、全ての未来の結果も予測できるはずだということになる。

そんなことは不可能だという意見もあるだろうが、それは人間の能力では今はまだ及ばないということであって、原理的に不可能ということではない。この世は全て「因果律」の世界なのだ、ということになるだろう。

これは、自然現象の解明を目的とする自然科学の範囲においては、なかなか説得力ある言説と思われる。

2

前述の「無限のパラドックス」の例で挙げた、「ゼノンのパラドックス」の話は、自然科学の見地からはどう解釈されるのだろうか。「運動」はまさに物理学の事象なのだから。

物理学における運動は簡単にいえば、ある物体がある時間に位置を変えることである。

私見では、物理学において「運動」を扱う方法は、哲学で行われていたような「運動」の本質的定義を解き明かそうとするものではないのだ。「運動」と呼ばれる事象において起こることを、時間と位置の関係において理解あるものにしようとする方法なのだ。

その解明に数学の助けが有効ならそうすることになる。

「運動」を数学の概念を使って表すとどうなるだろうか。

先ず運動は、時間－空間との関係だから、それらを物理量として捉えて、それを数として表現する方法を考えることになる。

ここで応用するのは、代数を座標軸上の図形として表す方法である。これには実数を扱う解析学と、図形を扱う幾何学を合体した、解析幾何学が考案されているのだ。

これはデカルトの『方法序説』に登場している考え方であるが、18世紀末から19世紀初めに確立されて、ニュートン力学において力を発揮するようになったものだ。

運動に関して、速さ＝距離÷時間と定義すると、それを解析幾何学を使って、X－Y座標軸上の図形として表すことができるのだ。

今、X軸を時間、Y軸を距離とすれば、その運動は時空間における線分で表象され、その線分が運動の軌跡を表し、その傾きが速さを表すことになる。

これを使って「ゼノンのパラドックス」を考えるとすると、原点をアキレスの起点とし、Y軸上の距離の差の点を亀の起点とすると、それぞれの速さの傾きの線分がそれぞれの運動の軌跡とみなされる。この二つの線分が速さの差によって、あるX線上の時間後に交わることは自明であり、なんらここに不思議も不都合もない。

「現実的無限」の見地にたつ数学を応用しているのに、どうして「ゼノンのパラドックス」は現れないのだろう。

ここでは「運動」それ自体を説明しようとはしていないからだ。「運動」と真正面から向き合っていないのだ。扱っているのは「運動の軌跡」なのだ。

「運動」の本質が「可能的無限」の相の下にあるならば、科学は「現実的無限」としての数学等の手段を借りて、「運動の軌跡」による現象の解明を目指したわけである。

これは「無限」にまつわる矛盾を回避するうまい作戦だったかもしれない。

「可能的無限」に基づく「運動」という現象は、「運動の軌跡」による事象解明後に、遡及的に説明させるものでよい、ということではなかろうか。

「運動」と同様に「無限」に深く関係する「時間」はどのように扱われてきただろうか。ここでも同様なことが行われてきたのではなかろうか。

科学（ここではニュートン力学の範疇で考えることにする）においては「時間」は「空間」とともに存在のためのアプリオリな枠組みであり、計量可能な物理量である。しかし、自然の事象解明において、「時間」それ自体、とりわけ「時間の流れ」、「時間の非可逆性」は扱われてこなかったのだ。

それでは科学で扱われた「時間」とは何だったろう。

私の考えでは、それは状態の「変化」だといえるだろう。

だから科学の等式は、二つの状況を等価とするが、その変化は可逆的である。左からの変化と同時に、右からの変化も同じように起こりうる。

「時間」は哲学的思考においては様々な問題を孕むが、科学的思考は「時間」にまつわる難しい問題を避けて、「変化」だけを扱ってきたといえるだろう。

これは科学が「運動」それ自体を扱わず「運動の軌跡」を扱うのと類似の対応といえるだろう。

3

前言のように、科学は「時間」それ自体を解明することなく、「時間の流れ」を「状態の変化」として扱ってきたから、等式は可逆であって、そこでの「時間の流れ」は、不可逆的に過去―現在―未来と一方的に流れるものではなかった。

しかしやがて、物理の世界において「時間の流れ」が不可逆なものとしてみなされる事象が現れた。それを見てみよう。

19世紀に入ると、科学において新たな自然現象の分野（熱、電気、磁気、化学反応等）の解明が進み、その進歩は産業革命の原動力となって、社会の変革をもたらしていくことになった。

その産業革命の成果に蒸気機関があった。それは簡単にいえば、水を沸騰させて生ずる蒸気が膨張する力を、動力として利用するものだ。

その過程を数学的・科学的に理解しようと、サディ・カルノー（1796－1832）によって熱力学が創設された。

その後、熱力学の基本的二つの法則が確立された。

一つは「熱力学第一法則」と呼ばれ、いわゆる「エネルギー保存則」である。

もう一つが「熱力学第二法則」で、それが「エントロピーの法則」といわれるものである。これは厳密には確率統計的に「状況の変化」を扱うものなのだが、一般的にはこれが過去―現在―未来へと向かう、「時間の不可逆性」を説明するものだと受け取られているものだ。

このエントロピーとは、自然界における確率統計的な無秩序の度合いを示す物理量である。この「エントロピーの法則」とは、そういう自然界の事象を閉じた系で任意に考える時、そこでは時間の経過とともにエントロピーは必ず増大する、という法則だ。

それは「秩序は無秩序になる傾向がある」とか「特別な配置は平凡な配置になる傾向がある」といったりされる。

秩序ある状態は時間の経過とともに無秩序になる、というのはどういう意味かと思うかもしれないが、実はそれは我々がいつも目にしているようなことなのだ。

自然界の現象は究極分子の活動である。その分子の一つ一つの要素の状態を解明し、その総和をもって現象を説明するのではなくて（事実それは不可能に近いことなのだ）、統計的確率をもってその集団の状態を説明しようとするのが確率統計学の手法である。

その要素が膨大な数に上れば、その状態は確率の高い状態が一番ありそうな状態だと考えられるのだ（自然界の事象は事実おびただしい分子の集合状態である）。

例えば、水に垂らしたインクは水中に広がって、均一に混ざり合う。それは、水中におけるインクの分子配列が、一点に集まっていた状態より、インクの分子が広い空間に散らばるほうが、確率的に高い配置の状態だからだ。その方が無秩序だからだ。その状態をエントロピーが高いという。

氷は通常は部屋に放っておけば解けて水になる。これは氷より部屋の方が温度が高いと、部屋全体の気温の状態も均一な状態になろうとするので、氷の温度は上がる。すると水の分子の運動量は活発になる。そうすると、氷における水の分子はよりバラけた状態になって解けて広がる。固体の氷の方が分子配列として秩序ある状態だったが、より無秩序な分子配列の水に変化したのだ。

勿論、水を冷やせば氷に変化できる。それはエントロピーの高い状態から低い状態に変化させたのだが、その為には電力や人力を使ったりしていて、それを含めた系全体で考えればやはりエントロピーは高くなっているのだ。

一般的にいって、われわれが普通目にする状態は、エントロピーが低い状態から高くなって安定している状態が多い。何か普段より珍しい状態、偶然とも思われる状態を目にしたら、秩序ある、エントロピーが低い事象の場合が多く、それは何か他からの力（エネルギー）が加えられたような、特別な事情があるのかしらと思ったほうがいいかもしれない。例えば、帰って来たら、汚れた部屋がきれいに片付けられていたとか。

実はこのエントロピーという概念は、宇宙の始まりと終わり、という問題に我々が挑もうとする時、重力とともに大変重要な概念なのだ。

さらにいえば、我々人類を含めた生命体が、如何にして秩序なる状態（エントロピーの低い状態）として発生し、それを長く維持することができるのか、といった問題に対しても、大変重要な概念となる。

このエントロピーという概念を使って、生命とは何か、を説明する言説もある。

4

科学の歴史を振り返れば、宇宙もまた科学の挑むべき大いなる謎の一つであり続けた。それはまた我々が今問題にしている「無限」に関係する問題でもある。

この宇宙の空間解明においても、長い間主要な方法論として応用され続けたのは、ユークリッド幾何学とニュートン物理学であった。

しかし、19~20世紀になると、数学・科学の内部において、今までの「空間」や「時間」に対する考えに疑問が呈される事態になってきた。

数学の幾何学の分野では、ユークリッド幾何学が今まで唯一の形式だと思われていたが、新たに他にも別の幾何学の形式が可能なことが判明した。ニコライ・イワノビッチ・ロバチェフスキー（１７９２－１８５６）などの非ユークリッド幾何学が出現した。

ユークリッド幾何学における公準の中、平行線に関する公準は前から疑われていたのだが、この公準に従わなくても、ユークリッド幾何学と同型の幾何学は考えられるのだった。

ユークリッド幾何学は、その空間形式は平らな平面上であったが、球体平面上や馬蹄形平面上においても、ユークリッド幾何学と同様の別の幾何学は考えられるのだった。

これによってユークリッド幾何学以外の空間が考えられるようになって、宇宙空間にも新たな光を投げかけることとなった。


―


力学の分野においても、今までのニュートン力学では解決できないような事態が起こった。それは光の速度等に関しての問題だった。

それは20世紀の物理学の危機、などといわれる事態であった。

ニュートン力学にあっては、対象の動く速度は、観察者の動く速度との相対的関係によって変化するはずであった（例えば、音についてのドップラー効果などが有名だ）。ところが、光の速度は何に対しても同じ速さだったのだ。

科学がさらなる発展を遂げるためには、新しい思考の骨組みが必要とされたのである。

この危機に際し、アインシュタインによる「相対性理論」が現れて、新たな物理学の道が開かれた。

それによれば、今までは物理学のアプリオリな存在形式と考えられてきた「時空間」は、我々の認識における不変な枠組みではなく、我々個々の存在状態と深く結びついて考えられるようなものとなった。

——

また同じ頃、ミクロの世界の解明の為の新たな科学的知の形式が現れた。

それは、ハイゼンベルグ、エルヴィン・シュレーディンガー（１８８７－１９６１）等による「量子力学」である。

物理学における最小単位（量子）である光（光子）が粒子と波動という二つの振る舞いをすることは判っていたのだが、他の量子である電子なども波動的振る舞いをすると考えられ、そのミクロの世界での量子の振る舞いを、波動関数などをもって説明しようとするのが「量子力学」である。

そこでの今までの考えに反するような事態の例を一つ挙げれば、「因果律」に関するものがある。

量子の振る舞いは存在的（そこにあるか否か）ではなくて、確率的（そこにありそうな割合）であって、その振る舞い自身は波動関数の時間的変化に従って因果的ではあるが、今までのようにニュートン力学での「因果律」が応用できるような世界ではなかったのだ。「量子力学」においては、「不確定性原理」によって、粒子の正確な位置と運動量を同時に確定することはできないから、「分子決定論」のような「因果律」は成り立たないのだ。

その後この二つの新しい科学的知を武器にして、科学は主に物理学において、宇宙の始まり、物質の本質等の新たな分野での目覚ましい発展を遂げることとなった。

5

私の中学時代の愛読書の一つにジョージ・ガモフの本があった。この本によって、宇宙や原子の不思議さを教えてもらった。とりわけ、彼が語るアインシュタインの「相対性理論」の話は驚きだった。その頃から、私にとって「時間」と「宇宙」はいつも頭のどこかにあって、ときどきひょっこり顔を出す存在となった。

その後の私のこの分野での参考書は、ブライアン・グリーン（1963－）の著作『エレガントな宇宙』と『宇宙を織りなすもの』だったが、これはかなり専門的な部分があって私には手に負えない部分もあった。しかしここで「相対性理論」や「量子力学」の不思議さを少しは味わうことができた。

「相対性理論」によれば、「時空間」はニュートン力学でのようにアプリオリな存在形式ではなく、我々の置かれた状況と深く結ばれたものであり、「量子力学」の場での「因果律」は今まで考えられていたような原理ではなく、世界の存在形式は究極のところ確率的世界なのだ、などという話に驚いた。

そういわれると、世界は一挙にSF的世界へと変貌するのだった（もっとも我々の経験する世界はニュートン力学で十分理解可能な世界ではあるのだが）。

——

我々は今、宇宙の謎を解き明かすべく、ビッグバン理論をもって、宇宙の過去と未来に迫ろうとしている。

ビッグバン理論においては、極限的に凝縮された始原状態から、膨大なエネルギーが放出されて、その時、物質の質量も時空間も出現し、宇宙は今も膨張し続けている、などという壮大な話を我々は聞かされている。

「無限大」「無限小」における究極的実存の問題は宇宙における難問だとしても、取りあえずは現時点で、どこまでその科学的解明の道を進められるかどうかの方が、関心事だといえるだろう。

我々は宇宙における「無限大」に立ち向かうに際し、新たな時空間を考える武器として、「相対性理論」を持っている。また物質単位における「無限小」の問題に対しては、「量子力学」を持っている。

しかしビッグバン理論にあっては、宇宙の始原と終焉を一つの理論の下に説明しようとする論なのだから、その為には「相対性理論」と「量子力学」を合体して「統一理論」を構築する必要があった。

その「統一理論」の構築問題を中心に、近代の理論物理学が推移してきたのだが、それはこの宇宙に存在する四つの力（重力、電磁気力、強い核力、弱い核力）を一つの式にまとめようとする努力でもあった。

ところが、この二つの理論は甚だ相性が悪いそうで、どうしたら「統一理論」が構築できるかが、今も進行中の大問題なのである。

例えば、我々が宇宙の始原である「無限小」をイメージする時、大きさがどんどん小さくなって、究極的には幾何学上の点にいたるというイメージだろう。

ところが、この点＝無限小をもって宇宙の始原とする形で「統一理論」を進めても、数式の中で矛盾が生じてしまうそうなのである。

そこで現在は、物質の「無限小」における状態は点のイメージではなくて、振動する弦のイメージとするような「ひもの場の理論」が、有力な一つの説として考えられているそうである。

私は以前この「統一理論」を扱ったテレビ番組を見たことがある。それは「統一理論」を構築すべく多くの賢人たちが、命を削るようにして苦闘する話なのだが、多くの努力にもかかわらず、考え出す数式の中に、常におびただしい∞が現れてきてしまうのだった（数式の中に∞が出てくるとは、矛盾があることを表しているそうだ）。

この番組の中では、追い求める究極の「統一理論」を、この世の事象を一つの式として説明しうる「神の方程式」と呼んで、それへの戦いは少しずつだが勝利に近づきつつある、というニュアンスで締めくくられていたと思う。

見終わって、もしそんなことになるとすると、我々が「神」を手に入れたということではないか、我々が「神」になるということではないか、と思ってしまった。

ゲーデルの「不完全性定理」から考えたら、そうはならないのではないかと思った。

5 社会科学と「無限」

1

前述したように、「エントロピーの法則」は科学的に「時間の流れ」の不可逆性を説明するものであったが、それは我々が今問題にするような、「無限」の問題を引き起こすものではなかった。

「熱力学」における「時間」もまた、数学を利用するので、「現実的無限」に基礎をおいたものに思われるが、その「時間の流れ」は「無限のパラドックス」を生じるものではなかったのだ。

しかしやがて、科学がその影響範囲を拡げるようになると、「無限」に絡む「時間」の内容が問題になってくる。

科学と哲学は長きにわたって、お互い協力者として、また時にはお互いの批判者として真理究明の道を歩んできた。

20世紀に入ると、本来は哲学の対象であった生命、心理、歴史、社会等の分野においても、科学はその影響力を強めて、人間やその社会の事象に係わるようになって、その分野は社会科学とか人間科学と呼ばれるようになった。
しかしその分野における科学的方法論の応用についての疑問が、哲学サイド等から色々発せられるようになった。

本来科学は「モノ」を対象としてきた。「モノ」を対象とする限り、「還元論」と「因果律」による科学的方法論は、多大の成果を上げてきたことは、疑いない事実である。だから生き物である「ヒト」に係わる事象に関しても、「ヒト」を「モノ」の側面から扱えうる事象に関しては多大な成果を上げてきたといえる（例えば医学や脳科学の分野がある）。
しかし「ヒト」に関することを「モノ」としてではなく、統一ある生きる全体として究明しようとする時、または「ヒト」の行動の原因・結果を解き明かそうとする時などは、今までの科学的方法論に頼るだけでは不充分だと思われたのだ。

――

社会科学における「還元論」の適応はどうだろうか。

自然科学における「還元論」の要素は、最終的には数値化可能な、意味を消去された要素である。その線に沿って、事象解明の為に必要な数の要素が選択されることになる。社会科学においても科学的方法論を応用するのには、同様の要素が必要とされるだろうが、人間に関する事柄から、意味を消去したり、全てを数値化することは難しいだろう。またその要素の選定や数を決定する基準も不確定だろうから、そこからの結果を確定的とみなすのは難しくなるに違いない。その結果、様々な説が飛び交うのではないか。

「因果律」についてはどうだろう。

従来の科学においては、事象解明の為に必要とされる「因果律」は、原因とその結果を必要とする範囲で、要素間の作用を静的関係で究明できる範囲に限ってきた。

ニュートン力学の重力を例にとれば、ニュートンのリンゴと地球の関係は、二つの関係に限定すれば今の代数で解明できているし、それで何の不都合も起こらない。必要な要素であるリンゴと地球の関係に限定し、しかもリンゴや地球にまつわる意味を消去して、質量という物理量に限定すれば充分だったからそうしてきたのだ。

しかし現実世界を子細に観察すれば、全ての物体は常に影響し合う重力の場にあり、リンゴと地球の重力の場にも、世界のあらゆる存在が微少ながら関係しているはずである。

考えてみれば当たり前のことだが、この世の自然界も人間社会も、実はお互いの要素が影響を及ぼしながら、常にお互いの影響関数を変化させている世界なのだ。

そういう数多くの要素が、お互いに影響を休みなく変化させながら関係し合う領域を「複雑系」とか「非線形問題」（従来の静的での状態解明は線形問題といわれる）と呼んでいる。それは今までの科学、数学の方法論では解明困難な問題なのだ。

そして今は、科学の領域においても、「複雑系」の問題として扱わなければ解明が難しい領域が多くなっているのだ（同期現象、気象現象、生命活動等々）。

そして、人間や社会に関する事象は、正に「複雑系」の世界だとも考えられるから、「因果律」の応用もそう簡単ではないのだ。

2

社会科学における「無限」の問題で、最も対立の種になってきたのは、「時間の流れ」についての認識の違いである。

それは「③形而上学的無限」の章で前述したように、既に哲学内部でも出ていた問題であったが、社会科学においては、科学サイドと哲学サイドの見方の違いとして、要約されるだろう。

科学サイドにおいてはニュートン力学の「時間」は、数値化できる物理量で、「時間の流れ」は時計のごとく未来に向かって定速度で進むものであった。

それに反し哲学サイドの考えによれば、科学における「時間」は、我々が生きる中で経験している不断で持続する生としての「時間の流れ」とは別物の、既に物質と化した死に体と見えたのだった。科学における「時間の流れ」は、「現実的無限」の見地からの「時間の流れ」であって、真の「時間の流れ」は「可能的無限」の相のものだ、と考えられるのだった。科学的時間をもってしては、人間に係わる「生」の現象をとても解明できるものではないと思われたのだ。

そしてさらに哲学サイドとしては、「時間の流れ」が不可逆であることが、「時間の流れ」に対する科学的思考の限界を示すものだと映ったのだ。

——

自然科学では、ある自然現象を説明するために、観察、分析、実験に基づいてそれをよく説明しうる仮説が先ず提唱される。

これが認められるためには、第三者による追認が必要である。観察、分析、実験等において「再起性」が実証され、理論構成に瑕疵がなければ、その仮説は反証が現れるまでは「真」とみなされる。反証が出ればまた新たな仮説が立てられ、そのくり返しによって科学は発展してきた。

その「再起性」の実証は、従来の科学が「時間の流れ」を扱わず、「状態の変化」をもって「時間」の問題を解決してきたから、問題がその範囲である限りは妥当性をもっていたのだ。しかし「時間の流れ」が不可逆的ならば、「再起性」が実証できないことになる。

時間の不可逆性は、科学の中においても「エントロピーの法則」で既に、自然の実体として認知されていたから、哲学サイドにいわせれば、過去―現在―未来と流れる時間の不可逆性（時間の矢）による「再起性」の検証不可能性が、社会科学に科学的方法論を応用する限界だと考えられたのだ。

3

その「時間の流れ」の問題が典型的に現れる分野に「歴史」の分野がある。科学は「歴史」を対象として、どこまでその構造や法則を明らかにしうるだろうか、という論争は昔からあった。

勿論科学サイドとしては、それを十全に解明できないかもしれないが、その方法論に勝るものはないのだから、できる限り科学的方法論で迫るべきだということになる。

一方それに批判的な哲学サイド等としては、以下のように反論することになるだろう。勿論「歴史」における事実の検証、その相互関連性等において、科学的方法は有効性を発揮するかもしれない。

しかし「何故それが起こったのか。何故別様ではなかったのか」という疑問を充分説明することは難しいだろう。再起性の検証は原理的に不可能なのだから。

「歴史」に科学的方法論を応用する時、それに過度に頼る論は、トートロジー（同語反復）の危険性を抱えている。

トートロジーとは、結果がその論の正しさを証明しているという論考の罠だ。

——

歴史的事象に関して、それがどのようにして起こったかを「因果律」をもって分析し、それが精緻になればなるほど、その「時間の流れ」による結果は必然的結果と考えられてしまうのを免れない（正にそれが科学的思考の目指すところなのだから）。

そうなると、何故それが別の結果になり得なかったのか、という立場からの批判や反省のきっかけを奪いかねないのだ。その結果を是認するベクトルが働くのだ。

科学的思考には倫理は含まれていない。だからこそ、これだけの成果を上げてきたともいえるだろう。

しかし社会の現象を究明する為には、意味や価値や倫理等を除外することはできないだろう。それ抜きの結論は如何ほどのものだろうか。

社会科学においては、どうしても科学的思考と哲学的思考の調整が必要とされることになる。その融合はそう簡単ではないだろう。

今私としては、安易にそれを夢みることがいいかどうか判らない。

ならば我々は、科学的思考と哲学的思考という別の基準を立てて、二本立てで世界の事象に当たらなければならないのではないか。

だからカントは『純粋理性批判』の後に『実践理性批判』を書いたのだろう。

4

この問題は「進化論」の分野でも同様に起こったことだ。

「進化論」に関しては、吉川浩満（１９７２―）の著書『理不尽な進化』が、私にとっては色々示唆に富む本であったので、これを参考にさせてもらおうと思う。

私は「進化論」が生命進化を説明するほとんど唯一といってよい説得力のある論だと思っているが、以前はそれを心の底から納得しているとはいい難い面があった。

それはこの説が正しいかどうかという点ではなくて、この論はイデオロギー・世界観と考えるべきか、科学の一分野として考えるべきかよく判らないからだった。

イデオロギーというには、科学的根拠に基づく面が多い。しかし科学と呼ぶにしては、他の自然科学に比べてその証明性が高いとはいえないと感じていた。

何か、自然科学と社会科学の中間にある印象だった。

――

生命進化は膨大な「時間の流れ」の産物である。そして時としてその「時間の流れ」の中で、環境の激変が起こったりして、「自然淘汰」の前提条件が突然変わってしまったりするから、確かに「進化論」における適者は必ずしも強者でも優者でもないだろう。生命進化は「運」と「自然淘汰」の合わせ技だと考えるのが至当だろう。

吉川浩満によれば、生命進化の歴史を見てみると、現在まで生き残った生き物はこの世に現れた生き物の0・01％に過ぎず、99・99％の生命は死滅して化石等の形でしか残っていない（この世の自然の多様さだけでも驚くべきものなのに、これが0・01％にしか過ぎないというのだから改めて驚愕ものだ）。

地球史の中では何度かの大変動があり、それはその時生存している生き物にとっては偶然の災害事としか考えられないものだ。今まで与えられた自然環境の中で適応を競っていたのに、突然ゲームのルールが変わってしまうのだから。そこには理不尽にも滅亡の運命にあった種が累々と横たわることとなる。そしてまた変わった生存条件の下で、新たな過酷な競争が行われるわけだ。

生命進化を「運」と「自然淘汰」の二本立てと考えて、その一つの「自然淘汰」は科学手法をもってその解明に迫れるかもしれないが、それでもなお「何故それは別様ではなかったのか」という疑問は残ることだろう。

そして吉川浩満の言にあるように、その説明において、適者は生存する、何故なら生存していることが適者の証拠、というトートロジーに陥る危険を回避することは難しいだろう。

しかも「進化論」はその葛藤に身を置かざるを得ないようである。「進化論」がその問題を回避できず、いやむしろ回避できないその場所こそが「進化論」の立ち位置であるということが、私にとっては非常に興味を惹く点ではある。

6 脳と「無限」

1

ここで脳の働きについて少し詳しく考えてみたい。それは脳の働き方が「無限」の問題と関係していると、私には思われるからである。我々が理性をもって「無限」の解明に挑もうとする時、「無限」について語ろうとする時、「現実的無限」を手掛かりにせざるを得ず、その過程で矛盾が発生してしまう芽は、脳の仕組みそれ自体にあるのではないか、と思っているからである。

―

現在、脳の研究における主たるテーマは脳の活動の解明だが、それは脳における「意識」の解明ともいい換えられるだろう。しかししばらく前までは、それを解明するための研究手段といっても限られていた。

一つの方法は人間以外の動物を対象とした方法である。動物対象の研究は、色々な生体実験も可能であったが、まさかその方法を人間を対象とするわけにはいかない。

しかし今、人間の「意識」に関して、動物に比して突出した人間固有の能力を解明しようとするなら、動物対象の研究からの類推は多くの成果を上げてきたとはいえ、どうしても服の上から痒いところを掻く感は拭えないのだ。

もう一つの方法は、病気の治療に関係して、人間の「意識」を研究する道である。現在の様々な研究方法が発明される前は、この分野が主流だったといえるだろう。大戦後に多くなった様々な精神疾患や、事故等で脳に障害を負った人を観察・治療することは、脳の中を覗く貴重な窓であった。

例えば『脳のなかの幽霊』の著者で、幻肢の治療で有名になった脳神経学者ヴィラヤヌル・S・ラマチャンドラン（1951—）は、患者やサヴァン（特異能力者）等の協力を得ながら様々な「意識」の研究を重ねているのだが、自らの方法を駆使して、医学分野を超えて、人類の人類たる由縁の謎に迫ろうという目標を目指している。

その後、ニューロン（脳神経細胞）の実態解明などには化学、電子工学系の研究が大いに役立ったが、近年はさらに物理・工学系からのこの分野への貢献が著しい。

電磁波、磁気、光等を利用した様々な器械や測定器の出現が脳活動の可視化を可能とした。今までは密閉されていた脳の中を見ることなどできなかったが、ここへきて生きた人間の脳の動きを、外部から観察できる手段を色々手にしたのである。

その発展は日進月歩のようであるから、これからますますこの分野は脳解明にとって重要なものとなるだろう。

―

我々には自然に対峙する手立てとして、先ず五感がある。

自然の実体が本当はどのようなものであるかは不可知かもしれないが、我々は五感で得た刺激をもととして、我々の自然像を作り出すわけである。人間とは違う、犬には犬の、魚には魚の、毛虫には毛虫の世界像があると考えて不思議はない。

五感の刺激は、自然の存在形式がどのようなものであるかにかかわらず、ニューロン一つ一つの点刺激として我々の脳に取り込まれるものだ。

その一つ一つのニューロンは他の膨大なニューロンと、神経活動に係わる接合部＝シナプスを介してお互い影響し合い、膨大なネットワークを形成する。

ウィキペディアの記載等によると、我々の脳は想像を絶する程の脳細胞で満たされているらしい。ニューロンが大脳だけでもおよそ140億というから驚きである。他の中枢神経を合わせれば、1000億から2000億と見積もられているそうである。銀河系の恒星数が約2000億個といわれているから、これはまさに天文学的数ということになる。

そんな話を聞くと自分の頭の中がもう一つの宇宙に思われてくる。古代から人類は自分の頭の中を、宇宙になぞらえることがあったが無理からぬ話だ。

それがニューロン集団としての活動の振る舞いとなると、この様態は複雑なものとなる。それぞれに刺激を受けたおびただしい数のニューロンの信号は、階層化された幾つかのニューロン集団内を走り、様々に加工変形されながら脳の深部の局所化された場所で我々の外界自然像を作っていくことになる。

——

私の考えでは、我々を含めた自然の実存形式は、不断にして持続的「時間の流れ」の中にあり、その中での絶え間ない「運動」としてあると考えている。

しかし我々はそれをそれ自体として意識化することはできない。なぜなら我々の「意識」はニューロンという点の集合によってしか外界を取り込むことができないからである。それを今問題としている「無限」に関する言葉でいえば、世界は「可能的無限」の相のもとに実存し、世界を意識下において理解しようとすれば、「現実的無限」の相のもとで「可能的無限」の世界を再構築するしかないのだ。

例えば、今私が鉛筆で線を書くとする。その時の動作は不断で持続的な運動であり、線は点の集合ではなく、線という完結した存在であるはずである。しかし我々の脳は、それをその存在形式のまま、脳に取り込むことはできない。線を点刺激の集合として取り込み、複雑なニューロン・ネットワークの働きの中で、それを線として再合成して初めて、線として認識する。

運動も同様に、視覚細胞が捉えた点刺激を、無数のニューロン集合の活動によって、瞬間的映像として認識し、あたかも映画のフィルムの静止画像の連続から動きが生まれるように、脳の中で運動として再合成し認知する。

2

それにしても、何故「無限」の問題に係わる「時間の流れ」や「運動」を、意識的に解明しようとする時、「思考のパラドックス」が出現してこなければならないのだろうか。

その理由は多分、「現実的無限」を基盤とした意識＝理性をもって、「可能的無限」を基盤とする実存世界を再構成せざるを得ないところにあるはずと私には思われる。

もしそれが十全に解明されたとしたら、「現実的無限」＝「可能的無限」と考えるしかなくなるからではなかろうか。

それは、我々の脳の中に再構成された世界が、現実の実像とイコールだということになってしまうのではないか。自然は点の集合体が存在形式だ、ということになってしまうのではないか。それは違うと我々が思う時、そこにムーアのいう「思考のパラドックス」が出現するのだろう。

そしてその時逆に、そのパラドックスの出現こそが、「現実的無限」は「可能的無限」ではない、我々脳の中に再構築された世界は現実の世界の実像そのものではない、ということの証明だと考えられるのではないか。

しかしそこに出現するのは、「思考」のパラドックスであって、「行動」のパラドックスではないのだ。「思考」するからこそ出現するパラドックスなのだ。

それはまた、我々は「理性」だけではこの世界の全てを解明することができないという証しかもしれない。

――

「意識」と呼ばれる脳の働きは、その発展の違いはあるものの、何も人間に限ったことではない。どの生き物にもいえることだ。しかし彼等はそんなパラドックスに惑わされることはなく、自ら獲得した自然像を武器に、自然の中で自由に生き抜いている。

いや人間だって、本当は日常生活の中で何不自由なく動き回っているのだ。それなのに人間の「意識」だけがどうしてこんなややこしいことを、あえて思考してしまうのだろうか。

それはどうも、人間進化の原動力ともなった脳の、過剰とも思われる活動によるのではなかろうか。

生命進化の歴史を見てみれば、人間が「意識」と呼ぶ脳機能を獲得・発展させながら、それを武器に厳しい生存競争を生き抜いてきたわけである。

その進化した「意識」のお陰で、我々は人類を人類たらしめるところの、「文化」と総称されるものを手に入れてきた。言語、貨幣、数――無限、道具、芸術、遊び、笑い、火――料理、葬送――宗教、等々。

その「意識」は進化を遂げる段階で、自分自身をも対象化できるようになった。「自意識」と呼ばれるものである。その「自意識」はどこで、どのように生まれたのだろうか。これは今や、脳科学における大問題である。多くの賢者、論者が色々な論を繰り広げている。

勿論私は、この問題について論ずる資格はないが、次のように思っている。

大きく進化した脳（主に前頭葉）のニューロン量は外界とのコンタクトのための必要量をはるかに超えている。その過剰なニューロン群は、必ずしも外界と関係ない領域で、ニューロン同士だけで完結する領域を形成し、思考とも呼べるような複雑なネットワーク活動をするようになったのではないだろうか。

だから「自意識」も、過剰化したニューロン間の自己回転、ニューロン・マスターベーションと呼んでよいようなものから生まれたものだと私は思っている。

その活動は、様々な思考の領域を広げ、有効な概念等を我々にもたらすことになった。と同時に、自分自身をも思考の対象とするようにまでなったから、「自己言及」のようなややこしいことまで、考えるようになったのではなかろうか。

しかしこの「意識」によって、我々にとって有意義な「文化」等を獲得できたことは事実だから、多少の副作用はしょうがないだろう。自家中毒のような持病だと思っていたほうがよいかもしれない。

3

数学において「無限」を「集合論」の下で理解あるものとしようとしたカントールの企ては、「ラッセルのパラドックス」に出会った。

物理においては「運動」「時間」の問題を、「軌跡」「変化」の問題にすることで、矛盾の発生を回避したが、社会科学において「現実的無限」の見地から「時間の流れ」を科学的に迫ろうとする方法は、哲学的「持続」の時間観からの反撃をうけている。

今脳科学の分野においても、「時間の流れ」の謎に似た謎が浮上している。

それは「自我」に関連して、「クオリア問題」と呼ばれるものだ。

クオリアとは何か。簡単にいってしまえば、我々が自分だけのものと確信する感覚体験のことであろう。

例えば、私は今赤いバラを見ている。この赤い色に関して、それがどういう物理現象で、それがどのように脳内に取り入れられ処理され、どういう状態のニューロン・ネットワークの状態として定着し、それを私が赤と認識しているのだ、というようにその脳内メカニズムはいくらでも詳細に私に説明されることがあるだろう。

しかしそれで、私が今体験しているこの赤の感覚が十全に言い尽くされているとはどうしても思われないのだ。この「自我」とかに強く結びつけられている、現に今私が体験しているこの赤の感覚と物理的状態説明とのギャップが、「クオリア問題」とか「意識のハードプロブレム」とかいわれるものだ。

科学者の中では勿論この問題も、科学的方法によってやがて解明されるだろうと考える人々は多くいる。一方では他の分野による解明も難しいだろうが、この問題は科学の範疇のみで解明できない問題ではないかとする考えも少なくない。

今まで問題にしてきた「時間の流れ」の問題も「クオリア問題」の一部と考えられる。我々は「時間の流れ」は「過去―現在―未来」へと非可逆的に進むと思っている。確かに「エントロピーの法則」「ビッグバン理論」は、「変化の方向性＝時間の流れ」が飛ぶ矢のごとく、非可逆的に一方向に進むことを示唆しているようにみえる。

しかしブライアン・グリーンは著書『宇宙を織りなすもの』の中で驚くべきことをいっている。

「エントロピーの法則」は「時間の矢」の存在を確率の問題として保証するものの、その方向性を指示するものではない、というのである。未来に向かってエントロピーが低い状態から高い状態に進展するなら、その論理は過去に対しても同じように使えるはずのものだという。

そんなことはあり得ないことだ。例えば、今私が半分解けかかっている氷を目にしているとして、1時間後には氷は全て解けて水になっているだろう。しかし彼の言に従えば、それなら過去に向けても1時間前には水であったという方が論理的であるという。未来、過去どちらに向いても、エントロピーが高く変化するはずだからだという。

そんなことはあり得ないだろう。現に私は1時間前にそれが全部氷の状態であったことを目にしているのだ。


「時間の流れ」のベクトルが、我々が考えるように「過去―現在―未来」に向かうためには宇宙の始まりの解明に拠らなければならないと彼はいう。

宇宙の始まりが極限までエントロピーの低い状態でもう低くなりようがない状態ならば、過去から未来に向けてのみエントロピーが増大する「時間の矢」が放たれるという。そしてどうやら、宇宙の始まりはそのような状態であると考えられるのだそうだ。

宇宙の始まりまでいってやっと、我々の納得できる形の「時間の矢」を手に入れることができるといえるようだ。

私が思うに、我々が「時間の流れ」を「過去―現在―未来」と呼ぶのは、我々の「クオリア」の中のことなのかもしれない。

Ⅳ　「無限」の彼岸から

①宗教と「無限」

1

我々人類の祖先が、宗教的感情を抱くようになったのは、一体いつ頃のことなのだろう。それはよくいわれているように、我々に恩恵をもたらすと同時に、時として我々の理解を超える力を見せつける自然に対し、その怖れや不安を何とか回避したいという願いが出発点だったのだろうか。または、仲間の死に対する感情が出発点だったのだろうか。

自然の中にどうすることもできない力の存在を実感するとき、それは怖れとその怖れからの救出への願いから、それを超越しうる存在を心に想起し、崇め、頼るようになったのは、自然の成り行きだったと思われる。

その超越なる存在は、死をも超えて我々を導いてくれる存在として、我々が心に思い浮かべざるを得なかった存在だったのだろう。

そういうアニミズムと呼ばれるような宗教の萌芽は、我々の歴史の中で、地域、民族を問わず普遍的に認められるようである。

そういう萌芽の中から、その超越なる存在がどのように社会の中で定着していったのかは、これはこれで非常に興味あることであろうが、今私にそれを語る能力はない。

私は宗教については、今まであまり関心を示さずにきた。だから宗教については学校の教科書的な知識を出るものではない。

キリスト教、ユダヤ教、仏教、儒教などは他の分野の本（歴史、哲学、評論、文学等）で、多少の興味を覚えることがあったが、それも素人の門外漢である。

その他の教あるいは道と呼ばれるようなもので、日本神道はごく限られた内容しか知らない状態だし、イスラム教やヒンズー教等の他の宗教については、それこそ無知の極みである。世にいう、一神教と多神教の違いも明確に理解しているとはいい難い。

だから今私には、宗教それ自体を論じようとしても無理な話である。

ただ「無限」の諸相の一つとして、宗教が如何に「無限」と関係してきたかを少し考えてみようと思うばかりである。

宗教における「無限」は我々の今までの文脈でいうなら、「無限＝神」であり「形而上学的無限」である。

宗教を信仰の面から理解しようとすれば、それは「可能的無限」であり、思想の面から理解しようとすれば、それは「現実的無限」であるといえるだろう。

――

宗教における「無限」を先ず信仰の面で考えてみようと思う。

ここにおける「無限」は今までと少し異なった様相にあると私には感じられる。

数学、哲学、科学等にあっては、如何に「有限」である我々が、その「知」をもって「無限」を理解しうるか、ということが主眼であり、その為に多くの英知と時間が費やされてきた。

しかし「無限」は結局、パラドックスの無限のヒエラルキーの中にあって、常に我々の手を逃れて、遠くへ走り去ってしまう存在にも見えるのだった。それでも我々は、我々の知性が「無限」を理解しうる可能性を捨て去ることはできないし、その道を追い求めざるを得ないのだった。

それは「有限」から「無限」への挑戦であり、「有限」から「無限」へのベクトルである。


しかし、宗教においてはそのベクトルが逆ではないか、というのが私の考えである。「有限」から「無限」を見るのではなく、「無限」から逆に「有限」を見るというのが、宗教・信仰の「無限」に対する態度ではないかと思われる。

「有限―無限」が「生―死」に置き換えられるとき、生から死を見るか、死から生を見るかの違いだといえる。「未ダ生ヲ知ラズ。焉ゾ死ヲ知ラン」と「既ニ死ヲ知ラバ何ゾ生ヲ知ラザラン」である。


そのベクトルの逆転は如何にして可能なのだろうか。

それは信仰を通じてだ、というのが宗教サイドの答えだろうか。

その信仰は如何にして可能なのだろうか。それは、理・論ではない。心の中の決意の問題だ、ということだろうか。

生死を超越したこの世ならざる場所こそ、我々の心を託すべき場所なのだから、この世の生に固執することなく、超越なる存在への信仰をもって、認識上の淵を越えて、要するに頭でごちょごちょ考えずに、此岸から彼岸へ飛ぶか飛ばないかの問題なのだ、ということなのだろうか。

そういう飛び越えた人、飛び越えようとしている人、超越なる存在の下で「無限」を理解したとする人、理解しようと努力している人にとっては、「有限」たるこの世は、如何なるものなのだろうか。

その超越なる存在は、この世における生の意味、倫理においても根本原理なのだから、この世はその根本原理に従って、自己を磨き、善き行いをなす精進の場、安住の地に至る為の仮の宿なのだろうか。

それに関係して「3 形而上学的無限」のところで、パスカルの賭けの論理にふれたが、同様のことを親鸞（１１７３－１２６２）がいっている。

「念仏は、まことに浄土にうまるるたねにてやはべるらん。また、地獄にをつべき業にてやはべるらん。惣じてもて存知せざるなり。たとひ、法然上人にすかされまいらせて、念仏して、地獄におちたりとも、さらに後悔すべからずさふらふ」（『歎異抄』）

飛ぶか飛ばないかの問題は、最終的には賭けの論理に行きつくのだろうか。

――

そういう信仰の問題に対して、私には勿論多くを語る資格も能力もないが、私の中には少し釈然としないところがある。

それは、この世からあの世への価値観の転換を図る、その動機付けに関してである。

多くの宗教において、その動機をこの世における、苦しみ、悲しみ、不安、不条理、罪等々からの解放に置いているように感じられるのだが、私にはそれがあまりにも、生を否定的に見過ぎているのではないかと感じられるのである。

勿論、それらの宗教が興り、広まっていった歴史上の時代には、今では想像を絶するような過酷な状況が充満し、それからの解放を求める人々の願いは切実なものがあったことは確かだろう。

しかし現在にあって、この世にある全てを包み込んで、生の意味を解き明かしてくれるような、「無限＝超越なる存在」に至る道こそが、この世の意味であり目的であるとすることは、それに精進する人々をすごいとは思うものの、とても私にはできることではない。それは、私が今までにそれを希求せざるを得ないような、切実な経験を持たなかったからだ、といわれればそれまでで、その言は甘受するのにやぶさかではない。また、現在においても、この世界には多くの苦しみや、悲しみが多く存在することも確かである。

しかし、私としては、もう少しこの世における「有限＝生」を、肯定的に見たいと思うばかりである。

私が知らないだけで、宗教において「生」を積極的に肯定する見方も多いのだろうが、「生」の意義を信仰に託することは、私には難しい。この世において何をなすべきかの動機付けは、宗教においてのみ可能であるとは思いたくない。

本来信仰こそが宗教の中心問題なのだろうが、そしてその問題が現在宗教内部においてどのように考えられているのか知らないが、この問題に対して私がこれ以上語ることは僭越というものだろう。

2

宗教を思想の面から考えることに関しては、西洋におけるキリスト教の「神の存在証明」を問題にしながら、「③形而上学的無限」の箇所で少し考えを巡らせてきた。

私は東洋における宗教を、今改めて思想の面から考えてみようとする時、どうしても西洋と東洋での「知」のあり方の違いが気になってくる。

私は昔から「独我論」なるものが気になっていた。人間に関する思索をするなら、「独我論」から始めざるを得ないのではないか、と考えていた。

我々はどうあがこうが、自分の外に出ることができない。所詮、自分の脳が感じたり考えたりすること以外に、世界の有りようはないように思われた。この世界の実存性は何も根拠がなく、所詮自分の脳が考えている幻ではないか、という疑問が湧く。

しかし、そういう考え自体そのものも自分の脳が考える事だといえる。そうなると、その不可知の正否そのものもまた不可知ではないかといえるだろう。そう考え始めると、事態は果てしなく堂々巡りとなる。

こうなると、出口がなかなか見つからない「自己言及」の渦に足を踏み入れることになる。これは前に話題にしたところの「嘘つきのパラドックス」だ。

私はそのことを思う時、いつもあるイメージが湧く。それは、運動のため回転車を回すハツカネズミだ。見ているうちに、いつまで回し続けるのだろう、このまま続けたら死ぬのではないか、もう止めたらよいのにと不安になる。

確かに、我々は自分の脳の外に出ることはできない。だから、世界の「実存性」は原理的に不可知なのだ。しかし、自我の闇の中に佇んでいるのがいやなら、どこかで回転車から降りて世界と自我の関係に折り合いをつける必要がある。

―

その折り合いのつけ方はそれぞれ色々あるのだろうが、どうも西洋と東洋では少し違うような気がするのだ。それをキリスト教下の西洋の知と、東洋の知の主たる仏教を対象として考えてみたい。

単純化していえば、西洋ではその「世界―自我」の不可知の問題は、「無限＝超越なる存在＝神」に預けることにしたのではないか。

「神」の視座によって「自我」の外部にその存在が保証された「世界」は、調和のとれた統一体と考えられたから、合理的形式化の徹底をきすす「知」の中の「理」をもって、その解明の道を歩むことになった。

西洋文明の歴史の中で、「世界の実存」が疑われるようなことはあったのだろうか。あったのかもしれないが、それは例外的なことではなかったではないだろうか。中世は勿論だが、近代科学や近代哲学の始まりにおいて、キリスト教の権威に反するような事象が出てきて、その世界像に疑問が持たれるようになっても、「世界の実存」に関する疑問が起こることはなかったと思う。

だから、近代科学の成立にとってキリスト教の権威の確立は、障害というよりむしろ揺り籠であったともいえるだろう。

歴史の中で、著名な科学者で熱心なキリスト教信者を散見するが、この事情を考えれば何も不思議なことではなく、むしろ当然のことに思える。

一方、東洋では「世界」と「自我」は一体の問題と考えられたから、その関係それ自体を「知」の対象としたのではないか。

その問題を解明するには如何なる「知」の形式がありうるかが主題であったと思う。あえて「自己言及」をも対象化して「世界―自我」を解明しようとしたのではないか。

人にとって自分の「身体」は「世界」と「自我」の間にある側近の「外部」である。というより、「意識」や「知」が脳という自然の一部であるなら、「自我」も「身体」に属するものである。だから「世界―自我」の解明は「身体性」を伴う「知」によって進められることになったのだと思う。

西洋の「理」である「科学知」は誰にでも理解できる説明性を重視したが、東洋にあっては個々人の「身体性」に伴う「行」による会得が重要であった。例えば、仏教における「悟り」や「観照」は、身体の実践と切り離せないもので、身体的修練を通して「真理」に近づく方法だと考えられてきた。

東洋の「知」は「理＋行」や「理＝行」の「知」によって「世界―自我」の問題に立ち向かったといえるだろう。

西洋においても、瞑想などの様々な「行」によって「神」の存在を受け入れ、「神」との一体化を目指す「知」の形式はあっただろうが、「世界」は「理」という「知」の形式の中で解明されるべきものだったのだ。

──

「世界─自我」の問題に挑む「理＋行」や「理＝行」の東洋的「知」は、確かに西洋の「知」とは違う可能性を秘めていると思われ、近代の西洋にあってそういう「知」のありかたに大いなる関心が集まるようになった。

私もそういう「知」には大いに興味があるのだが、半面少し気になる面もあるので、その点を少し考えたい。

この二つの「知」は世界の真理に近づこうとする点では共通しているのだろうが、その説明の明示性において違いがあると思う。

西洋の「知」の説明性は科学的思考に基づく形式化と合理性を備えているといえる。

一方東洋の「知」も当然説明性を有しているはずであるが、例えば「悟り」などはどうしても万人にとって明示性が低いと感ずるのは何故だろう。

それは個人の「身体性」を通じての説明性だからではないだろうか。解る人には解るが、解らない人には解らない、という状態を抜け出すのは難しい。

「身体性」による限り、真理の獲得の有無は、自己申告によらざるを得ないのではないか。自らがそれを成し得たと確信すれば、それは成し得たということではないか。

そうなると変な話、真理の獲得のための「行」を途中で降りてズルをすることも可能なのだ。それを他人は明確に判断できない。自称賢者が出てもその真偽は常人には判別できないのだ。

実はこの危惧は他人に対するというより、私自身に対するものでもある。

この「身体性」に伴う「知」を、生半可な気持ちで学んで理解したと思うのは、私が物事を突き詰めて考えていく際に、安易な逃げ道を用意してしまわないかとの危惧なのだ。

それが私が、東洋の宗教（なかんずく仏教）に思想面においても、近づくことを躊躇していた理由かもしれない。

るといえる。

3

「超越的存在」の在所としても語られる「天国」や「極楽」もまた「無限」と関係してい

そこは人々にとって、「超越的存在」との一体感が実現し、絶対的な魂の安楽が得られるとする場所である。「有限の生」が「無限」に繋がり得るとする場所である。

我々はよく「天国」や「極楽」に絡めて「永遠の命」を思い、それを願う。しかしもし現実に「永遠の命」が手にできたら、どうなるだろうか。多分遠い時間のある時点で、もういいといって「永遠の命」を放棄するに違いない。

我々は自らが「有限」であることを逃れられないからこそ、不可能な「永遠の命」を願うのだと解っているのだ。

我々が願うものは「永遠の命」ではなくて、「死」をも超越できる境地なのだ。「有限の命」を「無限の命」とみなせるような観念なのだ。

仏教を極めようとする人々にあっては、「行」による厳しい訓練、修行を通じて獲得しようとする、そういう心理的境地を、無我、無心、忘我、脱我等々と呼んだりする。

それは全てを超越した境地として語られるから、「無限」に通じる境地ともいえるだろう。

そういう境地が得られたとして、その後はどうなるのだろう。仏教を極めようとする人々にとっては、その境地に浸りきっていることが本当に目指すことなのだろうか。それとも、「聖」なる境地から「俗」なる場所に戻って、その意味するものを反省し、語り始めることが目指す道なのだろうか。

私が思うに、無我、無心、忘我、脱我等々なんと呼んでもよいが、我に返るという「還我」がないならば、それは如何ほどのものだろうか。

人は桃源郷を夢見るが、そこに本当に居続けることができるだろうか。

人は覚醒なき夢を見たい、とは思わないのではないか。

帰還なき桃源郷には住み続けたい、とは思わないのではないか。

少なくとも私はそう思わない。

2 シャカムニ・ブッダ

1

私はこの論考を書き続ける中で、西洋の「知」の歴史において、如何に多くの賢人たちが「無限」と格闘してきたかを知ることができたし、それに伴う「思考のパラドックス」の存在が、我々の理性の形式と如何に分かち難く結ばれているかを少しは理解できた。総じて西洋の「知」の主流にあったのは、モノ・コトの実存を根底で認めるとする態度であったと思う。

数学においては「現実的無限」に基づく方法論によって進歩をみたし、科学においては外界が実存することを自明として、数学と手を携えた還元論と因果律の考え方がその進歩を支えてきた。そしてその進歩の先にいつの日か、「無限」は解明されるだろうという確信は長く続いてきた。

哲学にあっても長い間、「無限」を含めて「知」による絶対的真理の解明は可能だと思われてきた。全てを包括するような唯一の理論形式の完成は不可能だと思われた後も、人間の他の能力、悟性、直感、信仰等によってそれを可能にする道はあるのではないか、という希求はなくならないようにみえる。

このように、モノ・コトの実存を確信し、その本質的実体を解明しようとする態度の根底にあるのは、キリスト教における「神」の実存性への信頼性ではなかったかと思う。しかし前章で記した「世界―自我」の考え方の違いによると、東洋の「知」、なかんずく仏教においては、かなり事情が違うようである。

仏教においては、この世のモノ・コトの実存性は根本において根拠なきものとみなされるようなのである。

私のようにどちらかというとヨーロッパの「知」の形式に慣れ親しんだ者としては、仏教の「知」とも呼べるものは、何か理解するのにもどかしさを感ずるのだが、同時に一脈の懐かしさも感じるのを否定できない。

―

科学的方法論に基づく西洋の「知」は、大いなる発展を経て、今や世界の「知」の基盤となっていることは疑いないことなのだが、ここへきて少し事情が違ってきた。

それは、今までは科学的方法論の圏外に置いておいた「世界―自我」の問題が、科学の挑もうとする新たな領域、宇宙、命、意識、心等の領域において、ブーメランのごとく問題として浮上してきているのだ。

だから科学はしばらく前から、新たな「知」の枠組みを構築する必要に迫られているわけだ。そのこともあって、西洋の多くの賢者が、東洋の「知」が新たな「知」の構築の為に、なにか有効なヒントを与えてくれるのではないかと、東洋の「知」に関心を示しているわけである。

仏教が私の頭の片隅にあったことは確かだが、今まで私はそれを敢えて考えてみようとはしなかった。

森敦の著作に触発されて、「無限」の問題を考えてみようとした時、もしかしたらその過程で、仏教に近づくヒントでも出てくれればと思っていた。しかし、何か明確なヒントが得られることはなかった。

私は今まで、仏教に信仰の面から近づこうとしたことはなかった。第一仏教を宗教と呼んでいいのかどうかも判然としなかった。

2

仏教は宗教であるか否か、というようなことが問題にされることがある。

ブッダは信仰の対象でなく、我々が如何に生きるべきかの道を指し示してくれる、偉大な先達者であるという見方である。

確かに初期に立ち返れば、その見方も至当だろうと思うのだが、仏教が変遷を重ねる中で、他の宗教に存在するような信仰の対象を生み出してきたことも、確かなことだ。

そのような状況において仏教の本筋は、ブッダの説いたところに立ち返ることだ、との言もあると同時に、仏教は長い変遷の中で宗教として様々に変化してきたが、それを是として、その発展してきた考えを仏教の本筋とすべきだ、との言もあるわけである。

ブッダの言に発した仏教は、大乗仏教という変化を経て、時の文化の中心中国に伝わり、そこでまた大きな変化をみて、６世紀に至ってようやく国づくりの始まった日本に伝わった。

その後日本における仏教は、激動する歴史の中で、それぞれの経典を信奉する宗派を名乗りながらも、日本独自の変化を遂げてきている。

日本の仏教が、この世（此岸）重視の風土の中でどのように変化してきたのか、政治との係わりはどのようであったのか、儒教や神道との関係はどうだったのか、等々の問題は私にとっても興味を惹かれる問題だが、それはここで扱う問題ではないだろうし、私には荷が重過ぎる問題だ。


私は当初は「無限」の考察が仏教を考えるヒントを与えてくれるかもしれないと思っていたが、もしかしたら逆に仏教の中に、「無限」の問題を新たな視点から考えるヒントがあるのかもしれない、と思うようになった。

そうはいうものの、正直いって私は仏教を少し考えてみようかと思っても、その広大な「知」の領域と、歴史の中での様々な変貌と、おびただしい数の概念の世界にたじろぐばかりである。

どこかに焦点を絞りたいと思っても、私の乏しい知識で仏教に関する領域を概観する限り、歴史上に現れた様々な考え方を勉強することなどとてもできない相談だし、どれか特別に興味を覚える方面があるわけでもなかった。

―

私は実は、東洋哲学に関して以前から気になっていた人物がいた。江戸時代の大阪の町人出の天才夭折思想家・富永仲基（１７１５－１７４６）のことが頭の片隅にあった。

彼のことは、加藤周一（１９１９－２００８）の著作で知り、内藤湖南（１８６６－１９３４、明治時代に富永仲基を再発見した）の講演録などを目にしたのだが、彼のインド、中国、日本における宗教の特質、変遷に関する卓見には、驚かされて頭に残っていた。

彼は仏教、儒教、神道を、今でいえば社会科学的見方で扱っていた（ただ後世に残され、現在我々が目にできる彼の著作はごく少なく、二書だけといっていいだろう）。

彼は当時世にあった仏教、儒教、神道いずれにも組することなく、全てに対して厳しい批判の目を向けている。

彼によれば、仏教、儒教、神道いずれにおいても、それを成り立たせている基本的な型があるという。いずれにおいても歴史的には、先の説に後から別の見方を加えて別の説を立てていくものだという。彼はこれを「加上」と呼んでいる。

儒教の変遷にあっては、人間は性善であるといったり、性悪であるといったり、はたまた善悪いずれでもないといったりする。

仏教にあっても、「実存」の問題について「有」「無」「空」等の考え方で色々主張を異にする。

また同じような説にしても、話し手や時代によって異なってくるし、使用する言葉も変化していく。さらにそれを生み出し、広まっていく過程で、それぞれの国民性が付加されて変化していくものだという。

国民性の「クセ」でいえば、仏教発祥の地インドは幻術を好み、儒教の中国は文辞を好み、神道の日本は、神秘秘伝伝授でただ隠すことを好むという。この神道日本に対する批評は厳しい。

目にしたであろう文献も少なく、31歳という短き人生の中で、このような卓見をよくまあ身に付けたものだと驚嘆するばかりであって、その言が頭に残っていたのだ。

――

富永仲基の言に乗っていえば、仏教は哲学的思考の国・インドのブッダの言に発し、変化しながら中国に渡ったが、この国は文辞・文飾の国であるから、様々な仏教に関する言葉と解釈と膨大な文書が残された。それが日本に渡ると、どの経典を重んじるかによって、様々な宗派が己の正当性を主張することになった。

そういうことがあって、私としては、様々に変化を遂げてきたであろう仏教に関して、様々な宗派の言や、その歴史や、社会との係わりや、信仰の側面は取りあえず脇に置いておいて、ブッダに発する古代仏教の中で「無限」に係わりがありそうな側面だけでも、少し考えてみたいと思った。

そうはいうものの、相変わらずどこから手を付けたらいいのか見当がつかなかった。

私は、大海の波打ち寄せる砂浜で、途方に暮れる心境だった。取りあえず、砂浜の中から興味を惹かれる石ころを探すように、仏教の歴史の中で気になる言葉をいくつか探して眺めてみようと思った。

しかしこれがまた文飾の国、中国を経過してきただけあって、おびただしい数であり、同じようなものが様々な言葉で表現されているので、混乱してしまう。

私としては、長い歴史の変化の中でも変わらずに、確信的概念であり続けたであろうと思うところを選んでみるしかないと思った。ただ基本的概念にしても、おびただしい思考と、多様な言葉と、変化する解釈に溢れているから、どうしたものかと迷ってしまう。

取りあえず、ブッダ本人と大乗仏教の基礎を築いたといわれる竜樹（ナーガールジュナ）に関する本を少し読んでみようと思った。

私が目にした本は限られている。上山春平（１９２１−２０１２）と梅原猛（１９２５−２０１９）の企画によるシリーズ本『仏教の思想』と、中村元（１９１２−１９９９）の古代仏教、ブッダ、竜樹に関係する数冊、それに三枝充悳（１９２３−２０１０）、宮元啓一（１９４８−）等の著作数冊に限られている。

竜樹の説くところなどは、非常に思弁的であって難解なところが多く、私の力の及ばない問題が多くあった。読みながら、考えれば考えるほど、底なし沼にはまりそうで、どこで立ち止まろうか、それが難しいのだった。

だから仏教を少しでも知る人にとっては、その程度で仏教のことを何か考えようというのは、あまりにも僭越の極みと映るだろう。

しかし私としては、例のごとく舟を漕ぎ出すより仕方がない。以下は私の浅薄にして独断的な独り言である。

3

「縁起」という言葉がある。

仏教においては、この世のモノ・コトの実存性は根本において根拠なきものとみなされる、とは先に述べた。

もっとも、それは大乗仏教においてははっきりしているようだが、竜樹の時代には、モノ・コトの本質の実存を認める立場があって、激しい論争があったようだ。その論争を通じて大乗仏教の基礎が築かれていったという。

ではこの世の事象を如何に考えればよいのか。この世のモノ・コトの実存性は根本において根拠なきものとみなされるとはいえ、この世の事象は我々の生を拘束するものである。我々の生を含めて、この世は実存モドキかもしれないが、この世で生きることは、我々にとって切実な問題である。そういうこの世とは如何なるものなのか。

その問題に関して、仏教はこの世を成り立たせている根本は「縁起」であるという。この世の事象は全て、原因—結果に基づく関係性こそが本質であるという。その関係性において初めて、この世の事象は我々を拘束するものとなるという。事象の根本をなすところのこの関係性が「縁起」だといっている。

—

それは、西洋における現象学や独我論とどう違うのだろう。

現象学においても、事象を関連性において現れる現象に焦点を当てて考察する方法を取るが、それはあくまでモノ・コトの実存性を前提としていると考えられる。

しかし「縁起」においては、「縁起」の外にモノ・コトの実存性があるのではない。「縁起」におけるモノ・コトの実存性は、この世のスクリーンに映し出された映像のようなものだ、ということだろうか。

独我論とはどうだろうか。

独我論においても同様にモノ・コトの実存性を疑うが、それは「世界—自我」の関係性における問題である。あくまで自我の実存性は肯定するところから始まるようだから、仏教の「縁起」におけるこの世全ての実存性の否認とは少し違うようである。

「縁起」によって現れるこの世とこの世に生きる我々は、その関係性の影かもしれないが、それは単に虚無というのではない。我々はこの世にある限り、モノ・コトに確実に絡め取られているから、この世の現実の中では、モノ・コトは実存モドキのようなものであるということだろうか。

根本においては、モノ・コト全ては自立する実存性を否定されるが、この世の常ならざる「無常」の相の中で、「縁起」する現実の存在性は認められるということだろうか。

そして、その相のもとに、我々の生があり、この世の苦しみや悲しみもあるということになるのだろうか。そうなると、まるでこの世は一幕の劇中のようなものだということか。

―

それからこの「縁起」は、西洋の因果律と同じなのだろうか、はたまた違うのだろうか。

西洋にあっては、科学的方法論にみるように、因果律は自然解明の主要な考え方である。

科学的因果律は勿論、モノ・コトの実存性に基づくものであるから、「縁起」とは前提が異なるものではある。

しかし事象の時間的変化を原因―結果において見るとする、その知的態度においては共通するものがあるように思われる。

ただ「縁起」における因果は、必ずしも過去から未来に向かってのベクトルとしてあるだけではなくて、同時の関係性も、さらには未来から過去への逆ベクトルとしても思考し得るものとして考えられているようで、この辺になると難しくなってくる。

私の解するところ、仏教において、この世のモノ・コトは「縁起」によって起―生―滅と変化するが、滅に至ってベクトルは逆転し、滅―生―起と逆に辿って、事象の原因たる実存モドキの仮象は滅することになる、といっているようにみえる。モノ・コトが根本において実存性を欠いているから、逆ベクトルも可能と考えられるというのだろうか。

もう一つの違いは、科学的因果律は自然現象の解明を主に扱うものであるのに対し、「縁起」においては、主に心の葛藤においての因果を説明しているようである。

例えば、人間の苦や欲望等の「煩悩」は「縁起」の中で起こり、生じて我々を悩ますが、それはブッダの教えを身に付けることで消滅すべきものとして語られる。

4

「空」とか「空観」という言葉がある。

「空」は大乗仏教の祖といわれている竜樹によって、思弁的に基礎付けられた仏教における中心的概念である。「空」の概念は、ブッダ以前にもあったようだし、勿論ブッダにおいても説かれたであろうが、多くは竜樹の『中論』において展開されている概念である。

この世にあるものは全て自立的実存性を欠いて「縁起」の中に移ろうものとされ、定まるものはなく、全て「無常」の相の中にあると考えられている。

これは我々には『平家物語』の冒頭の句としてお馴染みのものである。


素直に「空」を考えれば、それは何もないとの意であろうから、この世のモノ・コトを全て、「無常」なるものと観ずることが「空」だというのだろうか。

そうはいっても、我々が常にそれを自覚しながら生きるということは難しい。この世にあって、我々は様々な「煩悩」に悩まされ、多くの疑問を抱かざるを得ないのだ。

それでは、我々を悩ます「煩悩」からどうしたら抜け出せるのだろう。

ブッダによれば、それは修行によって、理・論を超越して、不動の「空」の境地を獲得することだということのようだが、それだけでは相変わらず凡人などには「空」というものがよく解らないままである。

先ず理・論を超越するとはどういうことだろうか。


—


ブッダは生涯においてある種の問いには何も答えなかったそうである。

これを「無記」というそうだが、ここに列記してみることにする（宮元啓一の『仏教誕生』の文が解り易い）。


——世界は時間的に有限であるか。

——世界は時間的に無限であるか。

——世界は空間的に有限であるか。

——世界は空間的に無限であるか。

——身体と霊魂とは同じであるか。

——身体と霊魂とは別のものであるか。

——如来は死後にも存続するか。

――如来は死後には存続しないか。

――如来は死後に存続しかつ存続しないか。

――如来は死後に存続するでもなく存続しないでもないか。


これはまさに、カントのアンチノミーではないか。

ブッダはこうした形而上学的問題をいくら考え、論争したところで、この世の生きるべき道（法＝ダルマ）を得ることはないと考えていたのだろう。それどころか、そのような理・論に反応することは、逆に「空」に至る道を遠ざけてしまうと考えたのだろう。


こうした根本においてこの世のモノ・コトの実存性を認めないブッダ、大乗仏教の考えは、東西を問わず昔から虚無主義、懐疑主義、不可知論等々の批判があったようである。その批判に対し当然、大乗仏教サイドとしては「空」や「縁起」は決して単純に拒否や虚無の意ではない、と論ずることになるであろう。

私も「空」や「縁起」は単に拒否や虚無とみなされるべきではないと思うが、この概念そのものが、理・論を超越したものとして考えられているから、これを説明することは非常に困難なことではあるだろう。

前述のムーアが援用するウィトゲンシュタインの言によれば、これもまた「語り得ぬもの」であろうから。

——

「空」のことに関して思い出すことがある。

それは、昔どこかで読んだ「零」の発見（発明）についてのことである。

「零」はインドにおいて発見され、この発見がなければ、今のような数学の発展はなかっただろうとはよく耳にしていたが、この本によると、インドより前にメソポタミアなどにおいて、数学の0に該当する記号は使われていたらしい。

しかしそれは、ある位取りの場所に入れる数がないという記号で、計算の実務的な必要から使用されたものだ、ということだったと思う。

それでは何故、「零」はインドにおいて発見されたといわれるのだろう。

その著者の言では、「零」の意味づけが違うのだといっていたと思う。

インドにおける「零」は哲学的意味を含むものであった。だから、0、1、2、3、……において0は単に「何もない＝無」ということを表すものではない。それは「何もない無という状態がある」ということを表しているのだ、というような言だったと思う。

私はその説明に虚を突かれた記憶があって、頭に残っていたのだ。

これを援用して考えるならば、「空」とはただ「何もない」ということでなく、「何もないという状態＝無がある」ということだ、といえるだろう。だから「空」は、単に何もない虚無の意とは違うのだといえるだろう。

こう考えたほうが、私には「空」に興味が湧くし面白い。

そう考えると、先のブッダの「無記」にしても、そういう問いに答えはないし、問うこと自体に意味がない、ということだけではなくて、「答えはない」という状態はある、ということになる。

そういう有無を超越した状態においてモノ・コトを観ることが「空観」ということだとすると、何となく少しは解ったような気分になってくる。

そして、そこにおいて重要だと思われることは、それは「ない」という点に力点があるのではなく、「ある」という点に力点があると思われることだ。

そう考えると、「空」も先の「縁起」も、虚無主義から遠く、自立する実存性はないかもしれないが、この世に現れる事象を積極的に支えてくれる概念かもしれない。

識者が「空」を擁護するのは、このようなニュアンスの論に近いのだろうか。


──


ここまで書いてきて気付いたことがある。

「空」が「何もない＝無」ということを表すものではなく「何もない無という状態がある」ということを含意するなら、それはアリストテレスの「現実的無限」の定義に似たところがあるのではないか。「現実的無限」は「終わりがない」ということではなく「終わりがない状態がある」ということを表す「無限」だという説明に似たところがある。


そうなると、我々は今までの考察で、「理」による「現実的無限」を根拠としての「無限」の解明は、必然的とも思えるパラドックスの出現を目にしてきたわけであるが、それは「空」においても起こることなのだろうか。

「空」の「理」による理解だけではそうなるかもしれない、ということだろうか。そうなると「空」は「無限」と同様、我々の見果てぬ夢なのだろうか。

この辺になると私は何もいえなくなる。

森敦は「無限は矛盾の発生する場所である。そして矛盾は常に無矛盾たらんとする方向を持つ」という。そして、その中で時間の概念も生まれ、宗教も立ち現れるという。

5

「涅槃」という言葉がある。「悟り」、「寂滅」なども同じ意だという。

これはサンスクリット語でニルヴァーナといい、仏教においては、修行を完成し、この世の「煩悩」から「解脱」して得た、安らぎの境地だそうである。そしてその「悟り」の境地に達した人を「仏陀」と呼ぶわけである。

本来、「涅槃」は「縁起」や「空」と同様に、実存性を有しない心の有りようのはずである。

だからそれは、「縁起」するこの世の外に実存するような実体ではないはずである（中村元は「縁起」も「空」も「涅槃」も同格だといっている）。

しかし時を経る中で、「仏陀」の居場所を「涅槃」の地、「浄土」などと称して、この世ならざる場所として、あたかも実存性を伴う言葉のように使われるようになると、キリスト教における「天国」に比較され得るような「極楽浄土」として、「信仰」を通じて救済される場所のようにみなされることになっていく。

また仏教以前から、この世を生と死と再生によってくり返す「時間の環」として捉える、「輪廻転生」の考えが存在していた（これは多くの地域、民族において、普遍的に見られることだろう）。

しかし仏教誕生前後のインドにあっては、この「輪廻転生」は喜ばしいことと考えられていたわけではない。むしろこの世を「苦」とみなしていたから、この世において「輪廻転生」をくり返すことは、いつまでも「苦」から逃れられないことを意味したのである。永遠ともみえるこの世での生は、ここでは遺棄すべきものとして考えられていたことになる。

だから人々はそこからの「解脱」の道を修練や信仰において希求していたわけで、そういう状況の中での仏教の「涅槃」の概念も、実存性を有しない思弁的概念に留まることは困難であっただろう。

一度「涅槃」の概念が人々に受け入れやすい形に変遷していくと、本来はブッタだけが到達し得たとみなされていたその場に、多くの解脱の仏や覚者、古層宗教の神、その他の様々な神格とみなされる者が並び存することになっていく。

後代の密教におけるマンダラなどを見ると、おびただしい神格者が居並ぶことになる。そうなると、人々は「涅槃」に住する神格者を「極楽浄土」という彼岸に導いてくれる救済主とみなして信仰の対象とするようになっていくのは、自然の成り行きだったろう。

こうなると、仏教はブッダの説いたところからかなり変容して、救済信仰宗教としての世界宗教となっていくことになる。


しかし、ブッダの言に素直に耳を傾ければ、「解脱」することを目指したり、達成されたと思うことも「煩悩」のうちで、「解脱」も「涅槃」もそんなものはないと思え、といっているように私には思えるのだが。


ところで、ブッダはどのようにして死を迎えただろうか。

キリストとブッダの死期の様子を比べてみる時、キリストの壮絶さと対照的にブッダは、菩提樹の下で静かに死を迎え「涅槃」に入ったといわれている。

ブッダのこの穏やかさには、心惹かれるものがある。

6

「慈悲」という言葉がある。

この意味は、慈しみ、憐れむ心のことだろうから、難しい言葉ではない。仏教においても、特別な含意があるとも思われない。

同様の言葉に「大悲」というのもあるが、これも他人の悲しみ苦しみを我が心とするという意だそうだから、同じようなものだろう。

それまでの仏教（いわゆる小乗仏教）が専門的修行僧のものとみなされていたのに対し、大乗仏教は、仏教を何とか世の一般的な人々にとっても開かれたものにしたい、という思いが根底であったから、この「慈悲」「大悲」という概念は重要な基本概念として考えられてきたのだろう。そしてその言葉を大切にしてきたからこそ、大乗仏教は世界宗教として発展を遂げてきたといえると思う。

覚者にとっては、世の人々に生きるべき道を説くことが「慈悲行」であろうし、世の人々にとっては、その「慈悲」の教えに基づく「慈悲心」をこの世全てのものに及ぼしていくのが、善き生き方と考えられ、それが「彼岸」へ通じる道ともみなされたわけである。

しかし「慈悲」は言うは易く、行うは難しである。


――


ブッダの教えのどこに、この「慈悲」の基はあるのだろう。

ブッダが「解脱」に至った時、その中身は「語り得ぬもの」であったであろうから、人にこれを説くことは不可能にも思えたとしても不思議ではない。「語り得ぬもの」を説くという不可能と思えることを行うことこそ「慈悲行」だ、というのかもしれないが、例えば竜樹の『中論』などで説かれる思弁的概念などに比べて「慈悲」はもう少し素朴に思われる。それはどこに根ざしているのだろう。

ブッダが人々に説法を始めるきっかけが仏典の中で語られている。

それによれば「解脱」後のブッダが人にそれを語ることを躊躇していたとき、梵天（古代インドの宇宙創造神ブラフマー）が現れて三度にわたって懇願されたのを、ブッダが受け入れた、ということになっている。

これは何とも不可思議な話ではあるが、こういうエピソードをもってしか、語り得なかったのかもしれない。

ブッダがそもそも修行を始めたのは、この世における「苦」の存在を憂いてのことである。もしかすると説教を決意したのは、「解脱」の後、未だこの世で多くの人々が「煩悩」の故に苦しむのを見て、なんとか人々を「苦」から救いたいという、かなり素朴な思いからだったからかもしれない。

説教するもしないもどちらでも可なら、説教してそれで少しでも人々の生き方が楽になるなら、説教を始めることにしよう。そんな素朴な決断だったかもしれない、と思いたくなる。「語り得ぬもの」だから、どこまで人々が解ってくれるか判らないが、どういう説明の仕方でもよいから、取りあえずやってみよう。そんなブッダを想像したくなる。

私はそういうブッダのほうが、神格化されたブッダよりはるかに親しみが湧く。「解脱」以後のブッダの言動をみると、それを如何にして語ったらよいかの方法＝「方便」の模索とその実行に、もっぱら労力を注いでいるように映る。

――

しかし私にはよく解らないことがある。

それは、ブッダにおいて「慈悲」は宗教的問題より前に存したものだろうか、あるいは宗教的修練の中で生まれ出たものだろうか、という点である。

私には「慈悲」は宗教的以前に存する問題に思われる。すると「慈悲」とは何で、どこから生まれるのだろうか。


素直に考えれば、我々は独我論を引くまでもなく、自分の外に出ることはできない。他人の痛みや苦しみを、原理的に我が身とすることはできない。我々が理解したと考える他人の痛みや苦しみは、我々の知る己自身の痛みや苦しみから類推するしかないだろう。

しかし我々は現実生活の中で、他人の悲しみや苦しみに出会う時、何とかそれを我が事として理解し心を寄せようと思うし、事実そうし得ると思い感ずるものである。

この気持ちはどこからやってくるのだろうか。

7

どうして人は他人の気持ちが解るといえるのだろうか。

このいわゆる「他我問題」は、私には宗教問題より前に立ち現れる問題であるので、そのことを少し考えてみたい。

「他我問題」は宗教的問題として考えることも可能だし、哲学的問題として考えることも可能だし、はたまた脳科学の問題としても考えることも可能だろう。

しかし今私は、その問題に対して確たる考えをここで記せるほどの用意があるわけではない。

この「他我問題」を哲学の分野で追求する、大森荘蔵（1921－1997）や野矢茂樹の著書も手にしてみたが、とても理解できたとはいい難い。

脳科学の「意識」の問題としてはどう考えられるのだろうかと、その方面の本も齧ってみた。

しかし脳の活動のメカニズムについての多くの言説はあるものの、「他我問題」に関係すると思われる、我々が「心」と呼ぶような「意識」が脳の中の何処でどのように生まれるかという疑問に対して、納得ある説明に出会えることはなかった。

この問題は現在の脳科学にとって、一番のメインテーマだといっても過言ではないだろう。

脳のメカニズムとは煎じ詰めれば、ニューロンにおける電位差に起因する、膨大なニューロン・ネットワーク内の電気信号のやり取りの集積現象である。

この電気信号のやり取り自体には、何も「意味」などが含まれていない物理現象のはずである。それを「意味」として読み取るのは我々の「意識」しかないはずである。しかしこの「意識」自体も、この電子信号の集積から生まれるものだという。これをどう考えたらいいのだろうか。

世界の事象に「意味」を与え、自分自身の正体さえも解き明かそうとする「意識」が、この物理現象の何処に、どのような姿で隠れているというのか。

これは、カクレンボで隠れる自分を見つけようとするオニのようなものではないか。

この疑問解明の道は、自らが自らの生まれる現場を見たいというのだから、何やら「自己言及」の匂いがする。例の「自己言及」における「思考のパラドックス」が立ちはだかることはないのだろうか。

この「どうして人は他人の気持ちが解るといえるのだろうか」という問題に対して、私は哲学や脳科学を離れてもう少し解りやすく考えたいと思う。

そこでこの問題を、進化論の流れの中で考えてみようと思う。

——

この「他我問題」は人類の進化を支えてきた生存能力、集団生活するための技能の問題だとも考えることもできるのではないだろうか。

他人のことが判ると思う「意識」を持つことは、動物的能力が優れているわけでもない人類が、群れをつくり集団行動をすることによって生存競争を生き抜く為に獲得した、様々な「意識」の重要な一つだったと思われるのだ。

平たくいえば、敵味方や食べ物を選別したり、言葉を覚えたり道具を使ったりする能力と同じ土俵の問題と考えたほうが解りやすいのではないだろうか。

仮にその能力を「共感能力」と名付けるならば、それは遺伝による部分もあるだろうが（人間や類人猿には、その能力の遺伝に関係すると思われる、ミラー・ニューロンと呼ばれる脳神経細胞の存在が確認されている）、集団生活におけるコミュニケーションを通じて、人類進化の長き道程の中で今の我々に引き継がれているものだろう。

そう考えると、「慈悲」やそれに類する考え方や問題は、なにも深遠なる宗教や哲学の問題というより、もっと素朴に我々の前に立ち現れる問題に思える。

ブッダが「慈悲」のもとに、人々に自分の「語り得ぬもの」を語ろうとした時、それは「知」によって得られるものではないといっているのだろう。

「理」による「知」ではなく、他人の心に已を寄せる「共感能力」に基づく「知恵」をもって聞け、といっているように聞こえる。「知恵」は我々が人間社会の中で会得すべき能力である。「理・知」に頼らず「知恵」を磨けといっているような気がする。

ブッダが説いたという「中道」の概念も、私は、そういう「知恵」によって進むべき道と考えたくなる。

そういうブッダを、ニヒリストの認識を有するリアリストだといったら、ブッダはそれも「知」の言だと笑うのだろうか。

V 「有限」の此岸から

1 「有限＝生」と「時間の矢と環」

1

「無限」のことを色々考えてきたが、歴史を振り返ってみると、我々人類は如何に昔から「無限」を理解あるものにしようと悪戦苦闘してきたかを、長大な絵物語のように思い浮かべることができる。

その歴史の夜空には、多くの賢人たちが瞬く星として浮かび上がっているのだが、同時に我々凡人たちも目に見えぬような光ではあるが、無数な星として運命を共にしてきたのだ。

しかし「有限」たる我々にとって、「無限」は追いかければ追いかけるほど遠ざかるもののようであった。「無限」を理解するとは、見果てぬ夢のように思われるのだった。

では、その努力は無駄な行為なのだろうか。シジフォスが、積み上げては転げ落ちる岩を、それでもくり返し積み上げざるを得ないような、無駄な努力なのだろうか。「無限」などをいくら考えても、結局は空しいだけなのだから、やめた方がいいと考えることもできるだろう。しかしそれはいつまで続けられるだろう。

「有限」たる我々が「無限」を考えざるを得ない運命にあることは確かだろう。そういう逃れられない状況を、不条理と考えたり、呪わしい運命と考えることもできるだろうが、私はそうは思いたくない。

私が思うに、「有限」たることを自覚し得た我々だからこそ「無限」を考えることができるのであって、それは「有限」の特権だと考えることもできるはずだ。

我々人類が遥か昔の進化の過程において、「有限」であることを自覚することができたからこその特権なのだ。人類だけが持ち得た特権なのだ。

そう考えることもできるではないか、そう考えたほうが楽しいではないか。

その努力で生まれた果実が、どれだけこの世に恩恵をもたらしてくれたか、計り知れないのだ。我々の知と楽しみの領域が、そのお陰でどれほど広がったことだろうか。

「無限」の諸相として、数学、科学、哲学、宗教の中で色々考えてきたが、まだ触れていない領域があった。それは芸術である。

考えてみれば芸術こそまさに、我々の「無限」に対する「有限」の特権を、認識させてくれる場かもしれない。

ムーアがウィトゲンシュタインを援用していうように、「無限」は「語り得ぬもの」かもしれないが「指し示す」ことはできるならば、芸術はまさに「語り得ぬもの」を「指し示す」ことのできる、我々のすばらしい能力かもしれない。

——

単純化していえば、我々は数学、科学において、理・論をもって「無限」を理解あるものにしようとしてきたし、宗教においては信仰をもって、「無限」に身を委ねることを学んできたといえると思うが、芸術においてはどうだろうか。

私が思うに、我々は「有限」の中にあっても「有限」を超え得るようななにものかを作りうることを信じて、それを後に芸術と呼ばれることになるものに、託そうとしたのではないだろうか。

そして芸術の名において、「有限」を超えるなにものかを目指し作りだされたものは、他の多くの人々の「共感意識」の「時間の流れ」の中で受け渡し続けることになるのだが、そのことこそが我々の「有限」が「無限」に対して持つ特権の証しとなることだろう。

芸術は、我々に「有限」を超えるなにものかを目指し、その存在を我々に指し示してくれるものに違いないのだ。


―


私の心に、半世紀を超えてなお残る記憶がある。

私が24〜25歳でパリにいた時の記憶である。

ある雨の日、私は何気なく、当時シャイヨー宮にあったミュゼ・ド・ロム（人類博物館）に入った。人はほとんど見当たらず、ある部屋に入ったら私だけであった。

部屋全体が大きな岩の洞窟で、薄明かりの中に様々な大きさの様々な動物の壁画が、ほのかな光の中で部屋全体を圧して浮かび上がっていた。

私は予期せぬものに出会って驚愕して、しばし一人で佇んでいた。どのくらいの時間そうしていただろうか。

部屋を出る時になって初めて、それがラスコー洞窟壁画で、しかも精巧なレプリカであることを知った。しかしそれがレプリカだと知った後も、その驚愕とその時の不思議な時間の感覚が変わることはなかった。

博物館を出てからも、あれは何だったのだろうかと途方にくれたが、無理に自分に説明するのは止めようと思った。

その後思い出すにつけ、あの時ほど、自分が人類の大きな流れの中で小さな塵のように存在し、あの壁画を描いたであろうはるか昔の人々と、眼に見えないような細い細い糸であるかもしれないが、自分が繋がっているかもしれないと、思ったことはない。

2

我々人類以外で「無限」を意識するものがいるだろうか。

類人猿の中には、簡単な数を理解し、仲間の死を悼む気持ちを持つものもいるかに聞くが、「無限」を明確に意識できるのは我々人類だけだろう。

例えば、映画の中に度々登場する、人間を凌駕するような知能を持った、宇宙人や人造人間はどうだろう。

そこまでいかなくても例えば、今話題のＡＩ（人工知能）はどうだろう。

私にはこんな疑問が湧く。ＡＩに数を数え続けさせたらどうなるだろう。何時までも数え続けるだろうか、それとも途中で止めるだろうか。

従来までのコンピューターなら、人間のプログラミングを超える行動をすることは不可能であったから、続けるも止めるも、それは人間サイドの決断であっただろう。

しかし、現在のＡＩは人間の能力に比肩しうるような、あるいはそれを凌駕しうるような、自己開発能力を備えるべく開発が進んでいるのだと聞く。

何時の日か、ＡＩは自立した能力で、人間同様の知識のみならず意識、感情、決断等を自ら獲得することができるかもしれない。究極の意識＝自我さえも獲得しうるかもしれないのだ（『２００１年宇宙の旅』のハルのように）。

そういうＡＩに、数を数えさせたらどうなるだろうか（人が事前に停止条件を設定したり、「無限」についての知識を与えることなしにである）。

これは、「有限」ならざるＡＩが自ら「無限」を意識できるのか、という問いである。

「無限」を自覚し得るなら、途中で数えるのを止めるだろうが、本当にそんなことは起こり得るのだろうか。

――


それで思い出すのは、鉄腕アトムである。

アトムものは私の子供時代の愛読書であった。

アトムは人間と同様の感情を持っていたが、時として自分が不死であって、人間のように老いることも死ぬこともない運命に、悩んでいたことがあったように思う。


アトムの最後はどうだったかしら。確か、地球をも破滅しかねない太陽の黒点が発生し、アトムは地球を救うために自ら進んでロケットを持って、その太陽の黒点を破壊するために突っ込んで自爆してしまう、というものだったと記憶している。

アトムは優しい心の持ち主で、常にこの世が平和で安らかなものであることを願い、そのためには何でもする覚悟であったろうから、これも彼の当然の行為であったのだろう。

しかしもしかしたら、アトムは自爆することによって自分が「有限」であることを獲得したかったのかもしれない。そんな想像もしてみたくなる。

人間の「有限」さは「無限」に対する特権だと、誰よりもアトムは知っていたのかもしれない。

3

私は70歳目前に、突然心臓をやられたが、九死に一生を得たことがある。

この病にやられる前は、「死」というものがとても怖かった。昔から「死」についての考えが頭にこびりついていたが、深く考えると恐ろしくなって、なるべく考えないようにしていた。そのくせ最後には皆に「アリガトウ」といって死にたいと思っていたが、どうせ自分は「死」が間近にきた時は、とり乱してそれどころではないにきまっていると思っていた。


しかし約半年の入院の間、自分はかなり「死」の近くまでいったはずだが、けっこう冷静だったのが意外だった。あまり自覚がなく、急激な苦しみや痛みが少なく、手術までの展開が急だったからかもしれない。

かなり「死」との距離が近くなって、妙な話だが自信のようなものができてきて、自分は本当に「アリガトウ」といって死ねるかもしれないと思えるようになった。

「死」というものが恐ろしくて、それをどうやったら乗り越えられるだろうと頭の中で考えること自体一つのボンノウなのだから、あまり頭の中で考えないようにするのはよい事かもしれないと思った。


——


概して私は、宇宙、自然、歴史、人生、人間性等々に関することで、その基本原理が解明できたとか、本来の真理が明らかになったとか、深い意味や目的が発見できたとかいう類いの言説にはあまり興味を覚えることはなかった。

そういう事象は人知を超えてはるかに複雑で多様であって、人間のあらゆる理解や解釈を受け入れ、なお残余が残るものだろうと思っていた。

「意味」は対象側にはなく、それを考える人間の側にある問題だと思っていたのだ。物事に「意味」が内在化しているのではなくて、意味が見出されたと思う後で遡及的に、前からその「意味」が物事に内在していたのだ、と考えられてしまうのだと思っていたのだ。

だから私は、生や死の意味づけに思いをめぐらすことにあまり熱心ではなくなっていた。

しかしそれはなにも、他人が生や死の意味について思いをめぐらすことに異議を唱えるものでは全然なかった。それはそれで、その人にとって大切なことだとは思うが、私はその時はそうしないことにしただけの話だ。

人の生死は人知を超えていると、強く感ずるばかりであった。そういう意味では、私は一種の運命論者になったといえるだろう。

しかしだからといって、何か宗教的な気持ちが深まったわけでもなかった。何か頼れる神や仏が心の奥に現れたわけでもなかった。もう自分の死はどこかに預けたという感覚が強いのだが、はたしてそれがどこなのかはっきりしないのだった。

—

運命論者というと、自分の運命は前もってどこかに書かれていて、私はそれを知ることができない存在なのだ、というニュアンスの受け止めが多いかもしれないが、私のその時思っていた運命は、少しそれとニュアンスが違うかもしれない。

私は運命についても、それはことが起こった後で初めて、遡及的に見出されることに違いないと思うようになっていた。だから前もって、その存在や意味を考えてもしょうがないことだと、思っていたのだ。

我々の頭がどう考えようと、我々は自分の身体を通して自然の一部であることは確かなことであって、我々の生死がその自然の一部なら、素直にその流れの中にあることに何の不満があろうかと思った。それで人生は充分に生きるに値する場面を味わえる劇場だと思えた。

私の生死はよく解らない漠たる霧のようなものでよいと思った。

だから私は、運命論者というより、自分の生死について「不記」の人でいようとしていたのかもしれない。

しかし何時また、生死について思いをめぐらすようになるか、これは私にも判らないことだった。

4

前にも考えた「時間の流れ＝無限」について、もう少し違う角度から考えてみたい。

それは、我々の「生」の立脚点である「今」から、「時間の流れ＝無限」をどのようにイメージしているだろうか、ということである。

日本人に馴染み深いのは、鴨長明の『方丈記』の冒頭の「ゆく川の流れは絶えずして、しかも、もとの水にあらず」のような、流れる川のイメージだろう。

美空ひばりの「ああ川の流れのようにおだやかにこの身をまかせていたい」という歌詞と旋律は、我々の琴線に触れるものがある。

これは、時は川の流れのように、川上の過去から川下の未来へと流れて、決して元に戻らない、というイメージだ。

それとは逆のイメージもある。我々は川の中で川下を向いて立っていて、未知の未来の川上から流れてきて過去の川下へと過ぎ去る時を目にするのだ、というイメージだ。

これはこれで、妙に納得できるイメージだ。我々にとって知り得るものは過去だけで、未来を眺望することはできないというわけだ。

確か小林秀雄（１９０２－１９８３）もどこかで、我々は未来を向いて歩いているのではない後ろ向きに歩いているのだ、と書いていたと思う。

しかしこれらはいずれにしても、時は直線上を「矢」のようにどこまでも進み、戻ることはない、というイメージだろう。光陰矢の如しである。

——

しかし我々は時間に対して別のイメージも持っている。「時はまた巡りくる」という、循環する「円環」のイメージである。

地球上の多くの場所には古代から「再生神話」が生きてきた。「時間の矢」のイメージである「終末観」に彩られたキリスト教世界においても、「復活」や「メシア待望」の「時間の環」のイメージは潜在している。仏教世界においても「輪廻転生」の世界観がある。

「時間の矢」は「数学的無限」の観があり、「時間の環」は「形而上学的無限」の観があるのだが、私には「時間の環」のイメージの方が、「時間の矢」のイメージより古いのではないかと思われる。

「時間の環」には「生」のイメージがあり、「時間の矢」には「知」のイメージがあるからだ。

しかしこの二つのイメージは一見対立するように見えるが、私はそうではないと思う。人類進化の中で考えれば、その発生は同じところにあると思うからだ。

生き物はこの地球上にあって、太陽のリズムの中で生存してきた。自然は太陽の一日、一年のくり返しの中にあり、生き物はそのリズムを生命の基調としてきたのだ。だからそのリズムに合わせる能力が、己の種の生存の為には欠かせなかっただろう。

我々人類が発達した能力で、そのリズム「くり返し＝周期」を意識下におくこともそれほど困難なことではなかっただろう。

それは「時間の環」を意識化することである。

くり返すということは、前のものにまた一つ同じものが加わるということだ。その「一つ加わる」ということが「数の発生」につながったと思う。その一つ加わったことは、また一つ加わることを可能にするからだ。

そしてそれが次々と続けられるということを理解した時、人類は「数」や「時の流れ」における「無限」を意識したに違いない。

それは「時間の矢」を理解し、自分の「有限」を自覚することだ。

「時間の流れ」を考える時、私にはこの二つのイメージは「時間の矢」＝「科学的時間」＝「客観的時間」、「時間の環」＝「経験的持続」＝「個人的時間」として捉えられていて、この二つをどう思考の中で調整したらよいのかが悩みの種だった。

しかしここへきて一つのイメージを持つようになった（私にはイメージで考えを進めていく癖があるのだ）。それを記してみたい。

——

それは、「螺旋」のイメージである。「時間の流れ」は螺旋を描きながら進むというイメージである。その螺旋は進みながら、さらなる大きな螺旋を描きながら進むというイメージである。その大きな螺旋はまたさらなる大きな螺旋の部分として存在しながら進み、その螺旋の拡大と進行は限りがない。そんなイメージである。

小さな螺旋を見れば、それは日々の螺旋で、時の流れの中を同じような毎日が進行していく。その進行は月の螺旋の進行に吸収され、さらにそれは年の螺旋に吸収され、さらに人の生涯の螺旋に吸収され、さらに歴史的時代の螺旋、人類の進化、宇宙の動きの螺旋へと吸収されながら無限に進む、というようなイメージである。

自分が居る現在から、どのサイクルの螺旋を見るかはその人の自由である。日々のサイクル螺旋を見れば、直ぐ後ろに昨日の自分が見えるだろう。前に想像される螺旋上に明日の自分を思い浮かべることができることだろう。

人生のサイクル螺旋で見ると、自分の父母と子供の中間に居る自分を発見するだろう。そしてその螺旋は、前後に限りなく延長されながら、さらに大きな螺旋を描いていることだろう。

時代のサイクルで螺旋を見ると、昔の現在と似た状況の山が発見できるかもしれない。そしてその山と現在の山を線で結ぶ延長上に、未来に起こる似たような状況の山も予測できるかもしれない。

我々がどの螺旋を見、そこにどのように点同士を結んで線を描こうが、それはその人の自由である。その線を描くのに「因果律」や「法則性」を持ち込もうが、「運命」を持ち込もうが、「思い出」を持ち込もうが、それはその人の自由である。

さらにいえば、点を結んだ線を手繰り寄せれば、緩いバネのように対象は現在の自分に近づけることができて、同化は無理にしても、近傍のものとして、見たり親しんだりすることができる。

その時、直線的に進む「時間の矢」=「客観的時間」は、我々の親しめる「個人的時間」として、我々の前に姿を現すのではないだろうか。

そんな「時間の螺旋」のイメージを夢想しながら、色々考えてみたくなる。

[2]「有限」の連鎖

1

生命進化の歴史における「有限―無限」のことを考えてみたい。

地球上に生まれた生命体は、その種の生を継続するために、個体の死と新たな生の再生という方法を獲得することによって、進化の道を辿ってきた。

「有限」たる個の連鎖をもって「無限」を実現させようとしたわけである。

この個の「有限」の連鎖における「無限」を考える時、我々個人にとっては一回限りの貴重な「生」をどう考えるかは難しい問題となる。

進化生物学者・動物行動学者リチャード・ドーキンス（1941―）は、生命進化における自然淘汰は適応のプログラミングによるとして、生物の器官や行動の進化は外界に対する適応の結果であって、それを担う主役は遺伝子であると主張する。

それに対して、古生物学者・進化生物学者のスティーヴン・ジェイ・グールド（1941―2002）などは、それは「適応」の概念をあまりにも多大に評価していると批判し、進化の歴史を見てみれば、それは様々な偶発性にも満ちていて、適応以外の要因によっても生き物の多様性は支えられてきたのだと反論している。

形態は機能に従うとは必ずしもいえず、機能に逆らうような形態も多く存在するし、形態が先ずあってその有効な利用として発達した機能もあるのだという。

その「適応主義」の見地からは、一見自然淘汰から見て、「適応主義」に反すると考えられてきた事例（例えば利他的行動等）も、多くの研究の結果、科学的・合理的説明がなされるようになってきた。

遺伝子中心主義を主張するドーキンスは、著書『利己的な遺伝子』の中で、生命継続システムにおいては、生き残っていく主体は遺伝子であって、生物個体はその遺伝子を運ぶ〝乗り物〟であるといっている。

それは、遺伝子が担う生命の連鎖こそが「無限」に比すべきものなのだ、といっているのだろう。

その見地からすれば、我々の個別の「生」は種の生命の連続体の中に溶解することを、是認しなければならないことになる。

生命体として置かれたその運命を我々は自覚するとしても、自分にとっては替えることのできないその一回性の「有限」たる「生」を、そう達観することは容易ではないだろう。

我々は意識の進化の末に「自我」という意識を持つまでになったのだが、その「自我」は、我々の個別の「生」は代替不可能な唯一なものだと思っている。

悠久たる生命の連続体が、個の実存を消し去るような、分割不可能な線分状のものだとしても、なお我々は、我々の生が線分上の唯一たる一点として、他に比すべきことができないものとして実存しているという思いを、捨てることは不可能に思われる。

我々は確かに、遺伝子を運ぶ〝乗り物〟かもしれない。しかし掛け替えのない一回性の「有限」の連鎖として、遺伝子以外に受け継いでいけるものがあるのではないか。あるとすればそれは、我々が進化の過程で、獲得し、発展させてきた「文化」と呼ぶもののはずではなかろうか。

2

「文化」ははたして遺伝するのだろうか。

そうでないなら、我々は「文化」をどのようにして「有限」の連鎖として、実現させているのだろうか。

進化論に関していえば、チャールズ・ダーウィン（１８０９―１８８２）に先がけた進化論者ジャン＝バティスト・ラマルク（１７４４―１８２９）の「用不用説」がある。キリンがあんなに首が長くなったのは、少しずつ高いところの葉を食べようとして何世代にもわたって努力したせいだ、というやつだ。

今では勿論「用不用説」は間違いで、生物固有の形質である形態、本能、能力等は遺伝子によって世代に継承されていくが、生まれた後の「獲得形質」は遺伝することはなく、生物進化は突然変異による遺伝子変化と、自然淘汰によるものだとなっている。

そうならば、我々の「文化」と呼ばれているものも、その能力基盤は遺伝的に備わっていたとしても、蓄積された成果は遺伝子としては継承されないはずである。

—

しかし最近、「文化は遺伝するか」という問題について、「獲得形質」も必ずしも遺伝化しないとはいい切れないのではないか、という話を耳にすることがある。これは科学的実験を伴う話である。

例えば2014年3月24日の『朝日新聞』に「経験は遺伝する?」というタイトルの記事が出たが、そこで『ネイチャー・ニューロサイエンス』誌に載った研究論文が紹介されていた。

それはマウスのオスに電気ショックを与えながら特定の匂いをかがせたら、子や孫が同じ匂いに強く反応した。そのオスの脳の嗅覚部位にある神経細胞が大きくなっていて、精子を調べるとそこにある変化が見られたというものだ。日本での他の例も載っていた。

単純に経験が遺伝するとはいえないものの、突然変異はまったく偶発的なものだといい切れないのかもしれない。環境・経験が遺伝のメカニズムの中での変化をもたらし、それが世代を超えて継承されることを全面否定はできないようである。

遺伝子とその仕組みの研究は近年急速な進展を遂げていて、遺伝子というと以前は遺伝的に発現する形態を予め全て決定する因子のように思われていたが、今ではそれはある種のたんぱく質を作るための流動的なＤＮＡ上の製造マニュアル、レシピのようなものだと考えられている。しかもそれも、形態出現までには一本道ではないようである。

また形態だけに限らず、我々の性格や能力に関しても、昔から続く「遺伝か環境か」「生まれか育ちか」の論争がある。

これも本来遺伝的と考えられてきたものも、生まれる前の環境が影響していたり、親からの教えによると考えられることが明らかになったりして、その境界が判然としなくなっているようである。

我々が一般的によく使う「本能」という言葉も、意味が不明確となってきて、もう専門的には使用されないそうだ。


「文化」の伝承に関しては、前述のドーキンスが『利己的な遺伝子』の中で「ミーム」という言葉を提唱している。彼によれば、「文化」の伝承は進化論における遺伝子の進化の類推としてとらえるのがよいとして、「文化遺伝子・ミーム」を提唱している。

「文化」における情報単位「ミーム」はまれに変異を起こしながら生物学的遺伝子のように自然淘汰をくり返し進化していく、と考えるのがよいという。

この「ミーム」の概念を利用して、色々な人たちが、社会現象としての流行、言葉、習慣、伝統等を論じているが、一種の比喩である「ミーム」というものが、あたかも実体のある原因子のように扱われるのは誤解を招きかねず、私は好きになれない。

「文化」の伝承を遺伝子のアナロジーで曖昧に考えても、十全に満足する説明は得られないのではないか。

3

私が興味を持ったのは、生物化学者アレックス・メスーディ（１９８０－）の『文化進化論――ダーウィン進化論は文化を説明できるか』という本だ。

彼は人類学、考古学、経済学、歴史学、言語学、社会学など様々な分野で個別に行われている研究は、進化論的アプローチで統合できるのではないか、そうすべきだと考えている。彼は「文化」の変化はダーウィンが明示した三条件、変異、競争、継承（遺伝）を備えるから、進化論的に考えられるという。

進化論の柱の一つに、進化の系統を表す系統樹がある。

これはいわば、種の家系図のようなもので、種間の関連を調べ進化の道筋を樹形で表そうとするものだ。系統樹を組み立てていく手法は、今ではＤＮＡ分析という強力な手段があるが、昔から色々考えられてきたようだ。

形態の近似が遺伝的近似を現すことが多いが、例えば鳥とコウモリのように、形態の近似が必ずしも遺伝的近似を表すとは限らない。そういう混同を回避する手法として、例えば「最大節約法」というのがあるそうだ。「一番単純な説明が一番優れている」というやつだ。進化過程での遺伝子変化の回数が少ない系統樹ほどよしとする方法だ。

こういう進化論の中で色々考えられてきた手法を使って、文化の系統樹も考察できるはずだ、というのがメスーディの考えるところである。

そして現に、進化論の系統学的手法を応用する形で、色々な文化の継承、例えば技術、道具、言語、神話、古文書等々での系統樹が考察され、その多くがその専門内独自で考えられてきた系統樹と同じような結果が得られているものが多いという。


—


彼はまた「生命」の進化と「文化」の伝承の進化の違いも考察している。

「生命」進化は遺伝子変化と自然淘汰という、偶然と時間の産物であり、合目的的に進化したわけではない。しかし「文化」の進化は合目的的であって、ラマルク的だといえる。生存の為に役立つものへの変化のベクトルが働いているわけだ。

また、その伝承の道筋にも違いがある。「生命」進化の道筋は親から子へと世代間で遺伝子を繋げていく方法である。これはいわば、世代交代という時間タームで行われる、垂直方向の伝承である。

それに比べて「文化」の進化の道筋は垂直方向の伝承によるものだけではない。勿論、親から子への伝承もあるが、それと同時に同じ世代間での横方向や、集団内の違う世代からの斜め方向の伝承経路も存在する。

さらに集団間のコミュニケーション手段が発達すれば、その道筋はさらに多様化するだろう。そしてこの伝承経路の多様性は、「生命」進化の速度よりはるかに速い「文化」の進化をもたらすことになる。

人類進化における「文化」の短期間での発展のカギはこの辺にありそうである。


―


彼はまた、「文化」の進化の度合いとスピードは集団の大きさにも関係するという。

前記の横、斜めの伝承経路は、確かに母集団が大きいほど有利なはずである。

これに関係した話でいえば、我々の祖先であるホモ・サピエンスは、脳の大きさも体力も優れていたと思われる同時代のネアンデルタール人にどうして勝利し得たのかという話で、集団の大きさの違いを挙げる説が思い出される。群れの大小による「文化」の発展の違いがその主要な要因であるという説だ。

スメーディは進化論における集団遺伝学の数理モデルをはじめ、様々な分野での手法を統合して、文化進化論の理論化を目指しているのだが、この理論化においては研究室での実験シミュレーションでの検証も有力な方法論の一つだと考えられている。

彼の文化進化論は今まで出た諸言説より、科学的で総合的言説に私には思われる。

「文化」の伝承と進歩が、「進化論」の生命進化と同様に認められるものならば、遺伝子による生命連鎖と同時に、我々個人にとっては一回限りの「生」の在り方が、貴重な存在として輝きを増すことになるのではないか。

それは、自分の「生」は何物にも代えがたいものだと思う我々にとって、勇気を与える見方に違いないのだ。

3 係留地にて

行き先も定まらぬまま舟を漕ぎ出してきたが、どうやら沈没もせず、引き返すこともなく、どこかは知らぬが岸にたどり着くことはできた気がする。

今は頭の中が空っぽで、少々休みたい。

この仮係留地の岸辺からの眺めは、どのようなものだろうか。

それは決して嫌な眺めではない。少し霞の懸かった春の海のようで、私に安らぎと静けさを与えてくれる光景である。

私は遠からずこの世から消えるだろう。

私の「有限」の中で、その価値や意味をまとった世界は、その源である私を離れて、無味乾燥な「無限」の「時の流れ」の中に帰っていくのだろうか。

あるいは私がそうであったように、私の意味や価値を誰かが拾ってくれることはあるのだろうか。

たとえそうでなくとも、私は今、それを悲しんだり、不条理だとは思っていない。

私の胸に今ある思いは、私が育んできた意味や価値は、私にのみ留まるものかもしれないが、この世は、充分生きるに値する場面を用意してくれる劇場だということである。

私は今、ある慈しみを持って、自分の「有限」を見つめることができる。

——

ラスコーの洞窟壁画は今も私の出来事である。

サモトラケのニケは私の希望であり、マチスの色彩は私の歓びである。

モーツァルトの旋律は私の安息であり、マイルス・デイビスのトランペットは私の勇気である。

夜空の星は変わることなく私の神秘であり、巡りくる桜の花は私の生の予感である。

谷間田の草花は私の遊び友達であり、ギンヤンマは今なお私の憧れである。

父母の顔は私の顔である。

家族の顔は私の安らぎであり、慈しみである。

知り合った多くの人々は、私の支えであり、励ましである。

出会った多くの本は、私の師であり、同行の友であり、時に私の分身であり、私の思慕の人である。

ガンジーの墓誌銘は良心への誘いであり、蓮上の朝露は見果てぬ夢である。

……


私に再び舟を漕ぎ出す時間は残されているだろうか。

――つり舟は虚空の中へ春の海

（2019年6月24日）

あとがき

私は長年建築の設計を業としてきたが、70歳間近に突然の病に見舞われた。それ以後は事務所で気ままに、今まで関心のあった色々な方面の本を読んだり、物書きの真似事をしたりして過ごす時間が多くなった。

書き散らした駄文を、勝手に友人・知人に送りつけたりしていたが、中には感想や批評、助言や励ましを貰うことも少なくなく、それは私にとっては有り難いと同時に楽しみでもあった。

この一編も、それらのいくつかをまとめて書き改めたものである。

ここで触れた分野については、私は興味があるとはいえ、もとより素人の門外漢である。私としては、書きたいことを書きたいように書くしかできないのだが、素人には素人ならではの気楽さがあるものだ。

専門家ではないのだから、興味ある色々な分野に頭を突っ込んで、勝手な考えを吐露しても、大目に見てもらえるだろう。何より色々なことを自由に考えられるのが楽しい。

世の中はこの数年コロナの影響下、不安と不自由な空気の中にあったが、私は今までの駄文をまとめるのに時間を費やすことが多く、退屈しないですんだ。というより、ささやかながら楽しい時間を持つことができた。

この本を手にしてくださる方が、興味の一片でも共有し楽しんでもらえることができるなら、私としてはこんなにうれしいことはない。

長きにわたって、私のわがままを許し、支え続けてくれた、妻と二人の娘には感謝の他はない。

また、この本を出版するチャンスと沢山の助力を頂いた、東京図書出版とスタッフの方々には、心よりのお礼を申し上げたい。

２０２３年2月20日　記

鈴木　喬（すずき　たかし）

1941年東京生まれ
30歳より建築設計事務所を主宰

【既刊】
『追分ひとり遊び』（2021、幻冬舎）
『遠き時空に谺して』（2022、幻冬舎）

「無限」は夢幻か
―「無限」を巡る思索の旅―

2023年6月8日　初版第1刷発行

著　者　鈴木　喬
発行者　中田典昭
発行所　東京図書出版
発行発売　株式会社 リフレ出版
〒112-0001　東京都文京区白山 5-4-1-2F
電話 (03)6772-7906　FAX 0120-41-8080
印　刷　株式会社 ブレイン

ISBN978-4-86641-633-5 C0095
Printed in Japan 2023
日本音楽著作権協会(出)許諾第2302198-301号